青青草笔记

朱国飞 著

天津出版传媒集团
百花文艺出版社

图书在版编目（CIP）数据

青青草笔记 / 朱国飞著. -- 天津 : 百花文艺出版社，2023.3

ISBN 978-7-5306-8492-4

Ⅰ. ①青… Ⅱ. ①朱… Ⅲ. ①散文集—中国—当代 Ⅳ. ① I267

中国国家版本馆 CIP 数据核字（2023）第 028557 号

青青草笔记

QINGQINGCAO BIJI

朱国飞 著

出 版 人：薛印胜

责任编辑：宋春悦

装帧设计：鸿艺工作室

出版发行：百花文艺出版社

地址：天津市和平区西康路 35 号 **邮编：**300051

电话传真：+86-22-23332651（发行部）

+86-22-23332656（总编室）

+86-22-23332478（邮购部）

网址：http://www.baihuawenyi.com

印刷：三河市华东印刷有限公司

开本：710 毫米 ×1000 毫米 1/16

字数：186 千字

印张：13.5

版次：2023 年 3 月第 1 版

印次：2023 年 3 月第 1 次印刷

定价：68.00 元

如有印装质量问题，请与印刷厂联系调换

地址：三河市燕郊冶金路口南

电话：（0316）3312202 邮编：065201

内容提要

《青青草笔记》精选了乡土作家朱国飞二十多年来创作的50余篇作品，有记叙、抒情、随笔、议论，虽形式各异，但风格相同，文笔细腻舒远、文字优美婉约，感染力较强。

作者早期的散文以记叙为主，如纪实散文《清石琴韵》等，后期散文则以抒情议论为主。《老街印记》等以故乡历史为背景，更多地融入乡村叙事的元素，以诗性的写作风格，呈现散文的人文关怀及心灵之美。第一辑“沙地情愫”，以重现历史的写作姿态，反映故乡人生活故事中的原生相，展现了故乡人诚信善良，民风淳朴的特色底蕴。第二辑“景物游记”，用文化的视角透视景物的风采，饶有兴趣地品味一下作者眼里远近风光古韵如初的风情。第三辑“围炉夜话”，以理性的思考，书写心中的文字，读来有一种可回味又可爱的感觉，给人以阅读的享受、思想的收获。书中收集的作品，有的被收录于《中国散文大系》《带盲童看祖国·江苏卷》等选集，有的被选用于中学生试卷，有作品多次获奖。

如果你有机会阅读《青青草笔记》，定会获得掌中留香、心中花开的美好感觉。

寻找沙地乡土散文叙述空间

——序朱国飞《青青草笔记》

周振华

在中国文学史上描写乡村中国的散文被称为“乡土散文”。20世纪以来的乡村中国散文，乡土、乡村、乡情，一直是最重要的叙述对象。很多作家都不同程度的把这一创作作为主创内容，招牌内容，加以关注和典藏。乡土散文通常指以农村生活为题材、具有较浓郁的乡土气息与地方色彩的散文创作。朱国飞的文字和篇什就或多或少体现了这样的乡辑元素。

作家朱国飞回望精神原乡，将其作为想象故土，想象家园的一种思维方式，以寻找乡村质朴的清新欢乐而展开创作，迫切追忆乡愁的味道和文化的思绪。侧重和突出作家所在家乡的地方文化与民风民俗，是朱国飞乡土散文创作的着眼点和立足点。

正当牡丹花开绮丽烂漫之时，认真阅读沙地本土作家朱国飞的新书稿《青青草笔记》，仿佛面对一丛丛鲜花，嗅到了清香，也似乎闻到了宜人的气息，仔细聆听花间的呢喃。

阅读这部新书稿的心情是愉悦的，因为从文字里感觉到了沙地乡土文化所焕发出来的淳朴、真实、味醇的魅力。字里行间，浸蘸着作者的所思所想所为和文字所表达出来的沙地乡土文化那种清新和张力。“故乡沙地，是长江最东端北岸的那片土地，是近两百多年来从南黄海滩涂泥沙堆积新涨成的。”在这片新涨成的热土上，发生了许多鲜见的历史故事和现当代的新故事，作家用散文的书写方法将之集腋成裘、滴水成渠，拓展了散文写作的叙述空间。

我们在某一部具体作品中实际阅读到的对故事发生的场域的实际描写，即所谓的“话语空间”，虽然具有抽象的特质，但是，由于读者在阅读中产生的由词语转换为精神映射的“故事空间”，就成为被“看得见了”。如作品中描述的“沙地人的老街、沙地人的河流、沙地人的老屋、沙地人的灶台、沙地人的织机、沙地人的藤盘、沙地人的卷筛、沙地人的烘缸、沙地人的水烟壶、沙地人的长围裙、沙地人的人推磨、沙地人的媳妇”等等。“你抬头，瞧见沙地灶头图案上的江南双飞燕；你低头，瞧见沙地婆婆精致的小脚。沙地灶台上冒着赤豆饭的香气，沙地婆婆笑吟吟地将沙地圆子熠到饭镬子里。沙地圆子圆圆的，黏黏的，糯糯的，芬芳着桂花的香气”等等。艺术作品是一座想象的岛屿，被现实的海洋所包围。我们无法从脚下的土地一步步走向描绘在画布上的土地。绘画乃至文艺作品所描绘的其实都是一种虚拟的非现实时空，画中的一切都只是描摹，都只是一种虚拟的存在。那幅画就跟诗歌、音乐和任何一种艺术形式一样，是一扇通往非现实世界的门，它透过魔法在我们的现实世界中开启。但如何要让纸上的或者壁上的画、屏幕上的画成为逼真，我们的艺术家除了想象，还要画的背景有真实的故事来衬托。否则，画是虚幻的。那么对于散文写作，如果像作画那样来自虚幻或者想象，如果缺少生活的真实，散文就会成为一盘散沙，没有阅读的价值。这部散文集所描述的“话语空间”是以沙地历史的现实的生活作为底色的，所以是有阅读价值的。

叙述空间对于散文叙事传统来说是很重要的。《青青草笔记》收录了朱国飞创作的50余篇作品，作品分三辑，第一辑反映了沙地人生活的原生相，展现了沙地人诚信、善良、民风淳朴的底蕴；第二辑分享了作者用文化的视觉透视景物的风采；第三辑作家围绕沙地历史沤心沥血创作长篇小说后的感受与体会及读书的收获。朱国飞是沙地移民的后裔，他在谈及关于沙地文学写作时的几篇文章中说："作家追溯描述先辈们旧时生活的情景且达到逼真的程度，必须在先辈们的生活里浸泡过或者曾经被映照过。我想我应该是属于后者。沙地是我的故乡，沙地先辈们遗留下来的风俗俚语文化传承是映照我思想的碑帖，在我的思想里潜移默化、不断发酵。我在故乡的旧时梦景里浸淫着，并被它感染陶醉。先辈们的身影亦幻亦真地萦绕着我、温暖着我，在我的小说文字里生动认真地活泛着、酝酿着、折腾着，慢慢向着真实世界走来，如一团团燃烧着的火，照亮了小说文本。"作家写作沙地小说是这样的思想和状态，写作散文也是这种状态。这部书稿收录编辑的文章，每篇都独立篇章，阅读后感觉好像一部长篇散文，具有连贯的内涵。第一辑里从开篇描述沙地的河流、沙船、撑船人、老街居民、乡下耕读人家，其间叙述了沙地的亲人、朋友、老师到尾篇的解放军军人，几乎涵盖了作者所有接触得到的人们。从描述的这些沙地人群像中使读者亲近了沙地人的生活细节和情趣，沉浸在这些淳朴的沙地人真善美形象的感染陶醉之中，使读者的"阅读空间"和"叙述空间"发生联想，拓展了沙地文化的感觉视域，较好地体现了作者写作的理想，让散文写作传承历史文化，又让散文写作成为宣传沙地文化的载体和新的传奇。

沙地文学是河流文化或江南文化的一部分。如作者所述，沙地先民主要来自苏南，独有的文化传承滋养了沙地人的精神世界，给后代以人生知识和道德伦理教育。吴越文化衍生出沙地文学，沙地乡土滋养、培育出独特的沙地作家。朱国飞的散文写作烙上了特殊的沙地文学的印记，记录了沙地人的文化、生活和百年梦幻，是沙地人值得珍藏的精神财富，也给喜爱散文的读者带来了一份清新的乡土散文读物，给散文世界的百花园增添一抹亮丽色彩。

（序言作者：周振华，中国散文学会副会长，著有《原野恋歌》《乡音乡情》等著作，曾获得冰心散文奖、老舍散文奖。）

目 录
Contents

第一辑　沙地情愫

第二辑　景物游记

第三辑　围炉夜话

第一辑

沙地情愫

春暖花开时节，老屋脊上的瓦楞草长得碧绿，与河堤上的翠柳同色。

插图：傅钢

沙地故乡

故乡的那条河是从长江入海口窜进沙地来的。长江之水总是那么高调地从西往东流，流到入海口已经是风高浪急，湍湍涌涌。这时江水拍岸的力度非同凡响。故乡的那条河就是在这样的江水湍涌的气势中顺流而入的。高高翘臀的沙船也顺着江水湍流而入，好像一把刀一支箭突然插进沙地的，那扬起的风帆就是直刺进来的刀尖尖，转舵落帆撑竹竿左挡右挡泥沙俱下，沙船好像一条泥鳅钻进了沙地。

风和日丽，沙地的港湾清清，船儿放松节奏沐浴在温馨的暖阳下。顺着港湾波浪的节奏，一篙一篙，沙船进入梦里故乡的风景之中。

江面上翔聚的海鸥欢腾着绕着沙船转圈，突然振动翅膀开始做出送别的姿势，接着翻起翅膀，以老婆婆古式纺纱扯线的姿势向波涛滚滚的长江飞去。沙地上的白鹭承接了海鸥的彩礼，引领着沙船慢慢地在沙地的那条河里行走。白鹭的细脚有点像沙地民间艺人使用的敲鼓锤子，系着红绸带，在沙地温馨的暖阳里飘荡着，陪着沙船在恍恍惚惚中行走。白鹭的伴飞是有节奏的，撑船人看得懂。

青青芦苇在微风中摇曳。

沙地小媳妇喜欢沙船上载来的江南花式洋布和对镜插花用的各种头饰首饰，穿着大胸襟对襟衫和黑围裙的小脚老太太则盼着江南的糯米和南洋的舶来品，沙地的小倌就像过年放鞭炮那样要瞧瞧江南的西洋镜。故乡的河里行走着的是沙地乡亲们的希望。

撑篙人右肩扛着竹篙哼哼着高古的山歌："胜神鳌，夯风涛，脊梁上轻负着蓬莱岛。万里夕阳锦背高……"

撑船人的背影很像沙地上寻食的先民。沙地的先民曾经在聚沙成陆的沙地上劳作，在水里在雨里在沟沟坎坎的芦苇田里割苇，在河泥漫漫的盐荡里舀水晒盐，在河汊湾湾里捣鼓罱泥夹子。

撑船人喜欢泡沙地小镇老街上的水烟馆或者茶馆，喝茶听唱书。此时，落日的黄昏将沙地包裹得细腻圆润，近处乡间纵横交错的沟沟坎坎藏着露出絮绒头的棉花田，那棉花被青夹黄的芦苇簇拥在怀里，空气里弥漫着炊烟与夕阳曚昽的气息。老街上家家上灯，灯光从影影绰绰的店铺门板缝里钻出来，照出青石板街上斑驳的灯影，也照出商店小阁楼上年轻女人的身影。细软的歌声飘出老街的屋脊：

> 什么弯弯弯上天，什么弯弯在水边，什么弯弯街上卖，什么弯弯姑娘前？
>
> 月亮弯弯弯上天，白藕弯弯在水边，黄瓜弯弯街上卖，木梳弯弯姑娘前……

撑船人喜欢吃沙地的海鲜菜，那黄澄澄的小黄鱼和白嫩嫩的蛤蜊汤，还有黑里透青黄里洇糯的泥螺和青背白肚的盐汁小螃蟹，其味美不可言。

撑船人觉得沙地很土气，但很温馨好玩。撑船人见过世面，撑船人梦里的故乡有点山高水长，可能要比沙地好得多。

撑船人觉得沙地人的日脚有点模仿江南人的，江南的水色更显圆润。

江南乌镇的林家铺子里装着上了年头的老白酒。蚕农载了春蚕摇着乌篷船过乌镇，河埠头的古戏台上正演《西厢记·拷红》，街河两岸簇簇拥拥。面馆里的小伙计把手里拿的燠灶面滑落了半碗，惹得路过的小和尚嘴里喃喃着南无阿弥陀佛。许多香客肩膀上挎了佛袋，穿过乌镇长长的走廊，沾着糯米的香气。河街转角的茶楼上有古风气质的读书客借景轻吟唐朝杜牧的诗句："千里莺啼绿映红，水村山郭酒旗风。南朝四百八十寺，多少楼台烟雨中。"层层叠叠的楼屋融化了街河的嘈嘈杂杂，偶尔飘出粽叶的香味，伴着老白酒的醇味弥漫其间。子夜，在上海滩混的吴荪甫将老太爷从乌镇的古宅接出来用大轿子抬到船上去。船埠头的风旗被晚风吹落在河里，抖抖瑟瑟。吴荪甫猜不到走出乌镇后的结局，好像沙地人听唱书，听不到故事的尾巴在哪里。

江南的鲁镇住着和沙地人一样的身穿大胸襟对襟衫、腰系黑布裙的小脚女人。街河里的乌篷船比乌镇的小，船上装满女儿红黄酒坛子。街河很窄，密密的船篷紧紧挨靠着，好像要将小脚女人黑布裙下的腿掩盖住。鲁镇的鲁家古宅里有琅琅的读书声。三味书屋，百草园，隔墙就筑有戏台凉阁，读书看戏两不闲。有幸摇船去兰亭，河灯裹满诗句在兰溪里与锦鲤缠绵。吴妈是不会来的，祥林嫂更不会来。

沙地的撑船人没有去过湘西。

湘西的凤凰城有条很宽的河，层层叠叠的吊脚楼浸在河里。河街上有一溜儿长的老店。从湘西人家的小船上过来，从河码头上走来赤脚的妹子翠翠。码头上吊脚楼里传出女人敲小斑鼓、弹月琴、唱曲子嘤嘤切切的声音。翠翠回头遥望祖父的渡船是否曾摇到溪边白塔下。渡船上的黄狗是否怕翠翠被人欺侮了汪汪汪地吠起来。翠翠又睨见背微驼白发满头的祖父嘴巴里说着爷爷人不老还可以打老虎的话，爷爷渡船的后面远远传来迎亲的唢呐声吹得很响亮。翠翠不晓得溪边的白塔坍了重新修好过，那个在月下唱歌的年轻人在她的梦里回到茶峒来。茶峒离凤凰城很远，翠翠离凤凰城很近，近在咫尺。

沙地的撑船人没有去过四川。

四川有峨眉山，金顶上常年被浓雾裹着望不见四周的山峰。从川西天回镇远道而来的香客身上携带的红纸老酒签帖上闻得到糯米的香气。天回镇有大海江涛般突出的琉璃瓦面的庙宇和老街上灰黑的瓦屋，兴顺号是全镇数得上的大铺子，铺子外有四尺宽的檐街，铺子货架上摆着最负盛名的绵竹大曲、资阳陈色、白沙烧酒。掌柜娘坐在柜台内高脚长方木凳上写账，店外的街上衣衫褴褛的孩子在嬉戏。沙地的撑船人没有见过天回镇上有名的蔡大嫂，蔡大嫂的两个突起的颧骨旁深深的酒窝，使额角上岁月镂刻的纹路浅了，头上包了一条窄窄的漂白布包头帕子。阳光晒过来晒过去，脸上变幻着层层叠叠的颜色。天回镇上流淌着死水微澜的曲子。

从川西回到成都觉慧的家中，瑞玉、梅芬、鸣凤好像杜甫草堂里的梅兰竹菊，遭遇岁月的侵袭、剥削而枯萎。身处闹市的高公馆只留下清凄孤独的屋脊飘落在残阳下。瑞玉觉得明天小鸟还会在树上唱歌，朝日的阳光染黄树梢，水面布满明珠。而梦想却丢在黑暗之中。瑞玉脸上持有旧时的蹒跚的笑，仍觉得青春毕竟是美丽的东西。

沙地的撑船人见识过上海滩，常常迷失在石库门房子的弄堂里。曹七巧身上穿着银红衫子，葱白线香滚，雪春闪蓝如意小脚裤子，窄窄的袖口里垂下一条雪青洋绉手帕，瘦骨脸儿，朱口细牙，三角眼，四下一看，笑道:“人齐了。”桌上的一个物件打碎了，酸梅汤沿着桌子一滴一滴朝下滴，像迟迟的夜漏滴。

梦里的故乡难道被这夜漏滴湿而融化了？旧时光里的岁月难道就是一座故纸堆里的围城？难道就是旧时沙地上的泥潭，被沟沟坎坎牵累的沙窝窝,块块垒垒的锱铢积累而成？难道沙地的撑船人梦里读过《浮生六记》？难道撑船人也希冀沙地人日出而作日落而歇的清淡生活？希望他年买屋赎菜园十亩，课仆妪，植瓜蔬，以供薪水。布衣菜饭可乐终身，不必作远游计也。

曾经沧海难为水，除却巫山不是云。

梦里的远游不如撑船去踏踏实实的故乡，去沙地会会老街上的店主或者乡下的耕读人家。乡下的人家俱豪爽好客，不拘礼节，宰猪为饷，倾瓮为饮。令则拇战，不知诗文；歌则号呶，不讲音律；卧床外瞩即睹洪涛，枕畔潮声如鸣金鼓。浮生如此，快哉乐哉，如何。难得听到沙地老街上的智叟叮嘱庶民道：“教伊读书？铜钱银子都丢到冷水缸里去了，伊俚格小倌不识字，省省吧。”智叟话音未落，老街尾巴的学堂里传来孩子琅琅的读书声。学堂隔壁的染坊晒场上蓝印花布在高挑的晒竿上张扬着绮丽的花纹，在阳光下微笑着，好像沙地小媳妇对镜贴花的嫩脸。

（后注：故乡沙地，是长江最东端北岸的那片土地，是近两百多年来从南黄海滩涂泥沙堆积新涨成的。在这片新生的土地上生活繁衍的人俗称“沙地人”。）

沙地歌谣

故乡的小镇，有条九曲弯弯的河。咿咿呀呀的桨声在故乡的河汊里温馨地摇响，潮涨潮落，撑船人的吆喝声此起彼伏。青石板筑成的水桥在涨落的河水里惬意地盘腿端坐着，像一位深谙水性的老媪，守候着时光老人，看着潮水里裹挟而来的胖头鱼、小蟹、小虾如顽童般在她的脚脖子上搓来跳去。河沿上走下来的大嫂子小媳妇一个台阶一个台阶数着，最后站在老媪的平台上洗菜、淘米、讲悄悄话，家长里短，一串串笑声随河水流走。河水潺潺绕着老街淅淅沥沥呢喃着，飘逸着青草和泥土的清香。阵阵细波陪伴着和风细雨，浮映出老街屋脊上高挑的酒肆旗，鳞次栉比的大瓦屋，偶尔映着老虎窗阁楼里年轻姑娘对镜贴花的身影。街景清闲自在地在镜子般的河面上缓缓趟过。那河南岸包裹着的是青石板铺就的老街，街两边有房檐伸出的旧瓦檐，白铁皮铸就的滴水槽托着旧瓦檐，也将老街连成一片。檐下挂着油纸灯笼，灯笼上写着“富贵”“招财”“福”等字样，风吹日晒，灯笼红里透黄、黄里透白，同檐下的店招牌一样浸润岁月影痕。还有那嵌了桐油的店排门一扇一扇推进门槛，再一扇扇掮下来，开门、打烊，日复一日，年复一年。

春暖花开时节，老屋屋脊上的瓦楞草长得碧绿，与河堤上的翠柳同色。温馨的风儿吹拂过来，夹杂着粽叶飘香。挑水师傅的草鞋底将石板路拍打得湿漉漉的，嘴里哼唱的河魂曲仿佛泼出桶的河水，提振了春困的居民懒洋洋的精神。有顽童抬着小脚嗒嗒嗒地跟在挑水师傅身后，小嘴巴张着，哼哼着，如鹦鹉学舌，却总也不像。

盛夏的黄昏，清凉浇洒得老街满满盈盈。老人和小孩子的藤椅子、竹榻、长条凳紧挨着店铺排门板，摆成一街乘凉的风景。好听的曲子从手摇留声机的唱片上袅袅绕绕地响起，陪伴着老人、孩子在黄昏里吃饭，在天黑后数星星。此时，顽童的表现开始，他们赤裸着身子在街缝中穿行，奔到河边，将刚上岸回窝的鸭子逆向赶下河去，自己也扑通跳进河中，追着鸭子凫水嬉戏。

秋天来了。河岸畔、街巷转角处法国梧桐树树叶沙沙沙地响。秋意渐浓，梧桐树落叶漂浮在清亮亮的河水上，树冠随秋风摇曳，越摇越瘦，街景也越摇越瘦。卖瓜的老头站在瓜摊旁摇动旧蒲扇，唱歌般喊着卖瓜曲——西瓜吃哇、西瓜。连接街景的小桥栏杆上挨排着秋天的芦杞，芦杞的穗子像红红的高粱撑满了河水与天空。凫水的顽童攀爬上桥栏杆，偷吃芦杞，被芦杞的蜜汁甜醉。

冰霜的早晨，街屋屋檐滴水成冰。众店铺的排门板关得紧紧的，唯有老虎灶的热气在街深处浓浓地飘荡着。小媳妇踮着脚尖走下河沿的台阶，蹲在冰凉的水桥上敲冰洗尿布，白嫩的手冻得通红通红，仿佛透明的红萝卜。

记忆深处的故乡的街景温馨而绵长。妇孺老者、亲朋好友的面容在历史的街景中游走徘徊，仿佛四季吹拂的风，春花秋月里的煦阳明明亮亮照抚着游子的心，使时时想亲近他们、感恩他们的思绪日积月累地沉浸于心河中，越来越变得绵绵长长。

故乡的小镇有个很好听的名字——汇龙镇。在中国辽阔富饶的疆土上，在星罗棋布般的村镇之中，汇龙镇的名字独一无二。我们都是炎黄子孙，黑眼睛黑头发黄皮肤的东方神龙的传人。故乡那弯弯曲曲、绵绵长长的河流莫非是远古时代神龙游栖的旧址。深山藏着神仙，大海驻着龙王，依江傍海的小镇世世代代播扬着神龙的福祉。在老祖宗的口口相传中，龙图腾是故乡小镇的骄傲。

老祖宗劈蒿开疆，遇水搭桥，一砖一瓦垒起了小镇的靓姿。一代一代的开荒者顺着这条河道前行，让故乡河水经过的地方翻腾起金色的麦浪，澎湃起银色的棉海，让沙地的沟沟壑壑堆积起棉粮，闪耀着迷人的江南春色。

历史上，小镇也曾经受劫难。推远至二十世纪三四十年代，古朴儒雅的小镇曾遭强盗的入侵欺凌。日寇两次火烧你美丽的身躯，清清的河水浮满灰烬，几乎被小镇人的血水染红。善良勇敢的小镇人同仇敌忾，奋起抗争，用热血铸就了抗日英雄谱。

时间翻过一页又一页，小镇人的生活也日日翻新，中华人民共和国成立后的日脚是一本色彩斑斓的画册。故乡河水映出的是日新月异的变化与小镇人精神面貌的进步，脱胎换骨的风格转换是这本画册最好的注脚。

故乡小镇在这种脱胎换骨的磨砺中前行，如凤凰涅槃，浴火重生。

曾几何时，一代代文化人在故乡小镇的舞台上登台亮相，浸透江南水色古韵的越剧、锡剧、评弹、说唱，将文化的精粹一滴滴地融化进小镇的骨髓里去。土生土长的小镇文人深得吴越文化的精髓，以手中的笔墨描绘着、追溯着小镇的风骨神韵，推出一张张浸满沙地特色的文化名片，启东版画、评弹北调、沙地文学、蓝印花布……小镇人的富有始于胸襟，小镇人的情趣源于开拓，小镇人的思想却兼收并蓄。

弹指一挥间，故乡小镇的旧影离我远去，时时镌刻在我心中的是这样一幅画卷：春风河柳、桨声水色、黛色屋脊、水桥河堤、屋脊上的老虎窗阁楼及推窗望及的碧绿的瓦楞草。

啊——如今故乡进入了桥港时代，温馨小镇的旧时生活已成过去，那条故乡河早已铺满和谐富裕与创新的诗意，那河底却仍源源不断地流淌着旧时的温馨。黄昏时分，喝过家乡的米酒，我已微醉。待夕阳西下，让五彩云伴着高楼的新姿催我安然入憩。蒙眬中，故人向我叙说往事，惊羡现实的繁华与进步。我说，少小离家老大回，乡音未改鬓毛衰，人生难得几回醉，请来高朋话当前。说着说着，我哼起了沙地民歌：

你说我住在啥地方呀啥地方也

东靠黄海南靠长江，沙地就是我家乡
在那棉花盛开的时候
沙地到处喜洋洋
小媳妇大姑娘双手摘棉把歌唱
大叔叔小伙子推起小车送棉忙
接归接归，嫁嫁
送那棉花进呀么进工厂
哎嗨唷，河水流淌着，白云朵朵藏
沙船载着红盖头，迎亲锣鼓震天响
接归接归，嫁嫁
送那棉花进呀么进工厂
推车过桥唱歌谣
回头再看新嫁娘
…………

那条故乡河在我的歌声中款款流淌，在历史的长河中生生不息。

沙地人家

烟雨风潮，那年长江淌着相思的泪，你从江南嫁到沙地，蓝印花的包头布掩饰着你少女的羞涩；吴侬软语，同你的嫁妆一样染满了江南的乡音；樟木箱子，叠折着绣品，那是江南的香帕，那是江南的床绣，纤纤绕指柔，纤纤红素手，纤纤江南味，染香江南绣。

跨过沙地的屋门槛，你做沙地的媳妇。沙地人的灶台，沙地人的织机，沙地人的藤盘，沙地人的卷筛，沙地人的烘缸，沙地人的水烟壶，沙地人的长围裙，沙地人的人推磨。你抬头，瞧见灶头图案上的江南双飞燕；你低头，瞧见沙地婆婆精致的小脚。沙地灶台上冒着赤豆饭的香气，沙地婆婆笑吟吟地将沙地圆子焆到饭镬子里。沙地圆子圆圆的，黏黏的，糯糯的，芬芳着桂花的香气。沙地婆婆的温暖的手端上盛满圆子的瓷碗，亲切地唤一声："好丫（wo）头，要做我伲格贴肉布衫，省得我俚格小倌欺负你。这热腾腾的圆子你多吃几个，这喷喷香的圆子你多吃几个！"热腾腾的圆子落下肚，你朝思暮想的沙地小倌跨进屋来，那袭飘飘逸逸的青衫沾着了油菜花的粉蕊。沙地灶后的火红霓影里，沙地公公鼓着连鬓须的大嘴巴使劲吹火筒，卟卟卟，吱吱吱。

沙地上空的月亮很清淡，常常挂在屋后竹园青翠的竿头上。沙地小倌喜爱在清淡的月色下抚摸你青春的嫩脸。黄昏里，圆月下，水汀宅沟里青鱼在觅食，青青芦苇招招摇摇，甩不脱驻于叶上的蝈蝈甜甜的曲调。近处，窝棚里有推磨的吱呀声；远处，苇叶小舟正载着黑乌乌的鸬鹚穿行在芦苇荡里。

想不想?

啥呀?

你的江南……

沙地上空飞翔着沙鸢，略带彩色的翅膀掠过竹林，消逝在沙地远端的竹梢。你噘起小嘴，轻轻嗔道:“我伲已经是沙地人嘞，冬天焙烘缸抱小倌，秋天挖芋艿剥毛豆，整天赤脚蹼蹈做生活。你瞧瞧我伲粉嫩的手，像沙地的面拖蟹，老茧驮了一团团。”沙地小倌憨憨地笑着，说 :“你真格是我伲屋里格贴肉布衫……”

三十年，弹指间。沙地小倌去了江南搞建筑工程。青春憨厚的脸浸润了江南烟雨，逐渐显映出沙地人精明的外柔内刚、革新求变特质的光彩，将沙地人的智慧深深地融化在江南新城的建设大潮中，独树一帜，灼灼耀耀。当年的青衫小倌记忆在如今沙地媳妇的怀旧思维中，飘飘逸逸，情丝绵绵。

小城春暖，花开似旧年。谁在春深处反反复复地吟唱 :“都说大雁归，春天也将被带回，雪化云开的明媚，像极了你眼眉。都说大雁归，我爱的沙地人被带回，所有的人都知道，我想谁。”

“说好了的呀,你会来看我长发披肩的妩媚,亦让我看你风牵青衫的飘逸。说好了的呀，你会陪我看沙地这一树一树的花开，还有，燕子在沙地细雨如织的河面上盘旋低回。你说要为我吹奏一曲梦里江南，任淡淡的相思在笛韵中流转。”

“你会回来吗？这桃花盛开的地方，我一直在等待你的归期，是岁月的烟尘迷蒙了你的视线，还是你忘了我们旧年的相约？”

“你会回来吗？这草青花香的陌上，我分明已听到你的心跳，是季节的更迭凌乱了你的脚步？唯留我怅然叹息与孤影同行。”

“崇启大桥建，君可缓缓归。心念君兮君知否？愿君慢慢归。”

回味沙地

上初中时有一年放农忙假，我与几位同学相约去永隆沙割芦苇，乘小机动船过长江。江面刮八级大风，小机动船在江涛里上下左右漂荡颠簸，一船十几个人都趴在舱里呕吐。我没吐，但耳朵灌满江水压打在船顶上发出的轰隆轰隆令人胆战心惊的涛声，至今仍有后怕的感觉。上了岸，满目尽是荒芜的芦苇，无边无际，连着江海连着苍天。我们钻进这无涯的芦苇丛，来到农场场部，中午在场部的大食堂买饭吃。大食堂是用毛竹与芦苇席搭成的，空荡荡的屋顶漏射出许多金色的阳光，抬头看甚刺眼。门与窗都是架子，空的。风放肆地吹刮进来，整个屋子发出可怕的啸声。一群一群的割苇人进来了，他们的脸晒得很黑，头发乱蓬蓬的，上身穿着打满补丁的棉袄,用一条草绳裹扎了,下身穿着破旧的芦菲花布裤,裤腿卷过膝盖,有的穿着草鞋,有的打赤脚,腰间的草绳里插着一把雪亮的镰刀,刀刃锋利,人人都似从水里爬上来的样子。我们畏惧地打问割苇的行情，人们都不理我们。后来有个和善的老汉对我说:“傻小倌,快回去吧,萝卜条的身体呀,吃不消的！下午有船，晚了就来不及了！”后来，我们就又坐晚上的船返回家去。此情此景仍历历在目。我想，这就是沙地人的垦荒生活。我们的祖先，一代又一代沙地人就是从这水里沙地里挣扎着活过来的。那些从水里、沙地、江海里酝酿着绵延着潮涌着的生活的乳汁哺育着浮浮沉沉的沙地人，许多鲜活的生活记忆令我心醉。

我家的老房子原在汇龙镇人民东路南侧的老街上。每到春节前后，我们一群小孩总喜欢守在人民东路上观看迎送新嫁娘的队伍一拨一拨从街路上走过。

"看新娘子哟——"

这种情景深深地烙印在我脑海里，时幻时真。早期的新娘子坐轿子。我们会一哄而上围得嫁轿寸步难移，累得轿夫直喊"我的亲娘"。后来新娘子坐自行车。驮嫁妆的车队很威风，最多的有上百辆，车头车尾都裹着鲜艳的红布红丝带。新郎载着新娘夹在车队里飞快地驶过去了，新娘子后座上绑的录音机放着的歌在老街上空飘荡，红丝带汇成的长龙在老街上游动，非常刺激，非常好看。现在回忆起来，新娘子往东嫁的多。汇龙镇往东再往东就是那片令人神往的新土沙地了。沙地沟壑纵横，芦苇青青呀。沙地是勤劳致富的福地，连新娘子都嫁给它了，且年年岁岁如此，福祉无边啊。

新沙地是肥沃的。我与小伙伴经常去汇龙镇郊外踏青。我看到菜农浇菜的场景。那片用翻耙铁搭耕耘出来的土地嫩油油、松软软、黑乎乎，一埭一埭凹凸着伸展出去，仿佛掀动的波浪，那土地的芳香迎面扑来。年轻的夫妇一个用竹竿吊桶从小河浜里一甩一甩掬水后倒入河脚上的浇水桶，一个拎起浇水桶顺着菜地奔跑着浇水。男的穿鲜红的背心，女的穿碧绿的衬衫，一红一绿在这散发着清香的菜地里劳作着，满脸笑靥。那种劳动的欢愉、新婚宴尔的甜蜜、知足的幸福，都写在他俩脸上了。

新沙地是多么的肥沃，沙地上长出的蔬菜是多么丰满，白菜呀、青菜呀、包菜呀、南瓜呀，看了让人眼馋心跳。总之回味沙地旧时光里的生活情景，总是能够留给城市现代人一份神秘的向往。

沙地新生的土地，往往会给予我们奇特的想象：她在哪儿？

是不是柳烟太浓密，你寻不着春日的门扉？
是不是沟壑太纵横，你潜不出涕泣的沼泽？
是不是海中无堤岸，你泅不到芳香的彼岸？
是不是心无菩提树，你望不见哲思的天堂？

老街印记

汇龙镇老街翻新，浮动着现代商业气息。街的西端又新开了一家星巴克，透过茶色窗玻璃，看到圆弧形的桌子那明亮惬意的暖色在水晶吊灯的照耀下如月影般流淌着温馨。原色调的老街嵌进了西式咖啡店，像是在旧布景上涂抹上时尚的颜料，新颖且刺激了老街居民的神经，于是，怀旧也被拾掇着端上桌面。轻轻啜一口咖啡，老街的旧景在絮絮叨叨中浮现在眼前。

这家星巴克的旧址是一家叫作汇中楼的茶馆店，远在五十多年前，它是老街的闲趣和唯一的文化消费处。淡淡的街景里泛泛地镶嵌着古色古香的传统文化。老街老店里流传着故事，那是更早的关于茶馆店主人家的传说。

那时店面砌有精致的老虎灶，老虎灶有九只大铁罐，大灶膛内炉火很旺，烧得大铁罐滋滋滋直冒蒸汽。店内茶伙计辛苦地弓着身用铁铲铲了湿煤灰灌到大灶上的观火洞里去。他努力地踮着脚，费劲地往下压着炉膛内的火势。老虎灶的旁边大条桌上和客堂屋内摆满老式紫砂壶。客堂屋的大板壁上有汇龙镇唱书艺人的曲目牌匾。那些牌匾都是用上等楠木做成，刻着汇龙镇小有名气的黄霓裳老先生书写的古篆，细密繁杂的书法体金勾银画入木三分，内容有《牡丹亭》《碧玉簪》《窦娥冤》等。那些牌匾都挂在一张古画下面。每当老茶客进店喝茶，都会在这幅画前看上几眼。高山流水间住着隐士，半山腰的虚空里似乎传来琴瑟之音。似懂非懂的看山水间的流莺歌舞，略懂一二的看古色古香的云霞，文气较足的观隐士风采，悟道浓深的则品古风留韵。在这幅古画的两侧有副对联：素壁有琴藏太古，虚窗留月坐清宵。横批：古风留韵。店里有一条浑身雪白的老狗就蹲在那幅古画前目不斜视，很像东街汪大有客栈门口的那只石狮子，同古画相映成趣。

记得那年盛夏，红太阳像火球挂在天空，河里的水热腾腾的。店老板从内屋的小床上抱起身体软绵绵的女儿九妹，唤客堂屋里待茶客的伙计。伙计略懂些医道。他摸了摸九妹的额头，担忧地说，这九妹病势很急，需请良医。老板自从妻子过世后又当爹又当娘地带着女儿，吃尽苦头，如今听茶伙计这番话后急得心急火燎，一时束手无策。看着女儿红红的腮、红红的眼睛和发黑的嘴巴，禁不住热泪横流。茶伙计见了，也慌了手脚，嘴巴里喊着："救苦救难的菩萨救救我们啊，救救我们啊！"茶伙计的呼喊，惊动了前面客堂屋里喝茶的茶客，都跨进内屋来看望，见到九妹瘫软的样子，心都吊到嗓子眼儿。此时，茶客中有一位白胡须老人拉开众人，对伙计说："莫急莫急，你去找几颗青葱、大蒜和一壶老酒来。"众人看看衣衫褴褛、腿脚有点颤抖的老者，目光很鄙视。茶伙计看看老者，又看看老板，伸展两手眼望屋顶，忧虑更甚地喊叫着："青天大菩萨呀，帮帮我们啊！"那种绝望的号叫令众人悲伤落泪。老板一手抱着九妹，一手拉了拉伙计的衣服，叫他按老者的话去做。那老者脱了上衣，裸露出瘦骨嶙峋的身体，右臂膊上刺了一只细腻优雅的仙鹤，那仙鹤振翅欲飞，濡人耳目。

"莫急莫急，各人头上一片天，祸福还有天自定；祸来金银都变土，福到黄土要变金……"白胡须老者用老酒淋浴了双手，将大蒜捏碎敷在九妹身体的几处穴位上，喝一口酒，张嘴向九妹的背上一喷，一边用颤巍巍的手推拿，一边念。

"莫道皇家富贵重，耳边常闻鬼敲门；纵有千年铁门槛，终需一个土馒头。"老者一边推拿一边哼哼着那种亦雅亦俗的歌谣，仿佛催眠曲声声入耳，缓缓入心。热汗如一条条细细游动的蚯蚓，从老者的颈部钻出来，流在他瘦骨嶙峋的胸脯上，滴落在九妹的脸蛋上。慢慢地，九妹的脸蛋活了，眼睛睁开了，焦渴的嘴巴浮起湿润淡晕。

醒了醒了！众人惊喜地喊道。

“好哇，这丫（wo）头命长哩，曲曲弯弯的倒像河里的水波呀，那苦呀苦得像海样深哩；这都是命呀，前世姻缘今世相报，拗不得的，拗不得的……”老者努力地做了半个时辰，将蒜泥涂抹在九妹的脚底板上，再敷上他自制的药膏，自歌自吟地唱着。老板要重谢老者，被婉谢了。白胡须老者像一阵清风，徐徐而来，徐徐而去，高雅而神秘……

星巴克内明亮时尚豪华，不时有驾着奔驰、宝马轿车的时尚男女推门进来，喝咖啡、听音乐、看书，一种现代化的闲适的笑容挂在他们的脸上。也许，他们不知道老街上的故事，但生活却是那样的阳光，没有旧时光景里的那种纠结。

圆陀角的颜色

记得那是2006年的春天，北京朋友老王来访，提出要去看我家乡的黄海。老王时任北京某大报副刊主编，在文学评论方面造诣颇深。大概受了我一篇描写沙地吕四海边风情文章的影响，就记挂着一定要看看吕四的海。我最记得他同我说的一句话："你说说你们那边的海是什么颜色的？"我说："你来看海吧，你看到什么颜色就是什么颜色了。"

那天起了个大早，我们坐一辆桑塔纳轿车风驰电掣般直达吕四大洋港。港内船桅林立，港外海天一线，海水在很远很远的地方闪着白光。海潮早已退去，我们根本亲近不到它。站立于堤岸上，满目尽是黄澄澄的滩涂和那远不能及的海的影子。海风很大，直吹得我们的衣衫不停地发出哗啦啦的飘拂声。老王眉头稍稍皱了下，朝我憨厚地笑笑："老朱，海是看过了，大米草呢？"我的脸"唰"的红了一下，由于我文章中的误导，让老王记挂的景物出现缺臽而带来遗憾。我曾在那篇文章里这样描写道："晕黄晕黄的海潮涌着曚昽的夕光，撵着翔集西天的鸥群，翻卷着浊浪，扑打着绵延无垠的海堤。古老的海堤里外三层，狭长的怀抱里躺着忽黄忽白的盐塘，抖动着青黛色的大米草毛茸茸的尖叶，潮涨潮落，浑黄的浪潮托起难于名状的浪花，有喧哗、有跳跃……"

回想起我的这些关于吕四海边风景描写的鲜活的句子，我想我有点哗众取宠了。难怪老王千里奔波乘兴而来，将败兴而回。我安慰他说："今天不凑巧，不过海是会变的，明天来，也许就变成活蹦乱跳了。"作为看海扫兴的补偿，我邀请老王在吕四吃了一顿高档海鲜宴。这一吃，一直盘桓到下午三点多钟。乘着酒性，我突然忆起童年时曾在俗称圆陀角的大姨家玩时看过长江东沿头的海，那可是让人难以忘记的地方噢！我问他去不去，“当然去”，他听了我的话后坚定地回答。

这一去让我们眼界大开，家乡真有这么好的地方！在一块写着“万里长江到此入海”的巨型指示牌的指示下，我们踏上这片圆圆的海角，一种叫人舒胸荡气的感觉扑面而来。时近黄昏，圆盘般的太阳好像刚出浴的大姑娘斜依在自西而来铺满碎金的江面上，滔滔江水将姑娘抛下的彩绸梳细了，稠稠地向着东方飘舞，在那圆陀陀的地方彩绸渐渐融化进海水，盘桓于黄海与东海交汇之处，变换成淡薄的红蓝、青紫、灰褐，西面流动的鲜红与东面入静的青黛在广袤无垠的海天之间默契地交融。有远远的白帆自东向西，在碎金的江海之处轻轻舞蹈，恰似五线谱上的几粒音符，在古筝上在琵琶上在钢琴上流动。晚霞逐渐爬上了天空，海天沉浸于一片流动的斑斓之中，圆圆的海角陷于沉思之中。老王呆呆地一直站立于海堤上，满脸写着凝固的神往，嘴里喃喃自语“好好好”，对我偶尔的指手画脚视而不见。乌金西坠，四周俱静，晚潮推涌而来，发出拍岸的声响。老王这才轻吟了一句：“江海横流方显英雄本色，千古绝唱来自圆陀海角，嘿，这儿真美啊！”

我们离开那地方，老王又问我刚才那海边叫什么名？我问司机，司机想了半天才记起说叫“圆陀角”。老王轻叹了一声说：“世上的人都在忙乎，很累，这里倒有一个好风景，等我老了，就搬到这儿来，看看海，听听海的声音，那多开心，哈哈……”

听了老王的感叹，我忍不住说道：“这个海之角最好看的风景其实是看日出，这里是海边日出最早的地方。”老王忙说：“下次我一定要来看这里的日出。”

老王的笑声音犹在耳，他看海的神情我记忆犹新，如今，他升任北京某报总编辑，忙得不亦乐乎。最近，我打电话告诉他，圆陀角已经开发成风景区了，并邀请他旧地重游。他说：“圆陀角，这名字很好听，它是什么颜色的？”我仍像过去那样回答他：“你来看了就知道了。”

故乡情结

我的祖辈几代生活在俗称崇明外沙的汇龙镇，经历了汇龙镇的沧桑巨变。我家的房子就砌在汇龙镇老街上，是那种临街的店面房，灰蒙蒙的老屋脊上筑有多排窗的老虎窗阁楼。从我记事起，汇龙镇的屋子都一个样，清一色的小瓦平房，唯有老街西边靠河畔有数间二层木结构楼房，雕花楼窗，古色古香。那时汇龙镇三河环绕，街巷通幽，二层木楼灯笼高挂，红花陪衬，非常漂亮。后来都被日本军队烧脱了。

我的童年是在中华人民共和国成立初期的清贫中懵懵懂懂度过的。老汇龙镇的长辈们不时向我灌输着他们眼中旧时岁月里的汇龙镇人的生活。我家邻居的长辈们，有好几个是客家人，讲着好听的江南客家话，家里供着菩萨，手掌上捏着佛珠，身上穿着绸衫或长长的袍子，见我进门来，就念阿弥陀佛，拿糯而香的江南糕点给我吃。他们给我讲江南水乡的故事，讲汇龙镇以外的世界。他们在我幼小的心里打开了一条细细的窗缝。父亲说汇龙镇原来有十八家商铺，好几家都是从江南漂过来的，我创作的小说《金蝉劫》里描写的鼎和斋茶食店就是这种江南老店。看着那些面善好客的长辈，听着软软的江南话，吃着江南风味的糕点，我觉得汇龙镇的人有来头，很多都是见过世面的。后来，那几家老邻居的长辈去世了，逝者的佛事道场很隆重，那种场面和对佛的虔敬让我大开眼界。

我的祖上是早年从江南漂进汇龙镇的，并且在开埠时是十八家商铺之一。黑暗的旧社会，官匪的摧残，弄得祖上家破人亡。父亲早年丧父，十二岁时出门打工做学徒，倍受艰辛。我舅舅早年参加革命，遭到反动派追杀，那些岁月，我父母东躲西藏，母亲与大姐多次被牵连入狱吃足苦头。父亲说起家史时总是眼泪汪汪。他痛恨旧社会，热爱新社会，自汇龙镇解放算起，父亲当了三十多年街道办主任，两袖清风，一身正气。父亲活到九十一岁，去世前写了一本《回忆录草稿》，写了许多我没听到过的关于汇龙镇人生活的故事。我想，父亲把亲身经历告诉我一定有深层的含意。我每每读书读到好文章时就想起父亲笔下的故事。父亲知道我会写小说，每当我发表小说时他总会抢着读。我想父亲是想把他的故事揉进我的小说中去。

《金蝉劫》是一本"红"书（我是把它当作一种革命之书来写的）。《金蝉劫》是一个写精神的涅槃，写脱胎换骨的思想变革及精神演义的小说文本。我想通过《金蝉劫》来追述父亲遗作中汇龙镇历史里那段腥风血雨充满苦涩的生活，追述汇龙镇人在那段苦难的日子里敢于冲破黑暗追求光明的真实场景，来展现我们沙地人的传统人文精神，证明沙地人也曾英雄辈出，也曾为民族大义赴汤蹈火，也曾为支持革命而不惜家破人亡，也曾有热血青年向往革命奔赴延安，也曾有书中褒扬的革命者赵克明等领导农民暴动而慷慨赴死的英雄壮举。有英雄的民族是伟大的民族。在沙地这块热土上，也有英雄，也有英雄辈出的文化土壤与历史渊源。人类前行的历史就是文化史、文明史。有人说过，一个民族、一个国家，其最终意义不是军事的、地域的、政治的，而是文化的。我们沙地人的精神向往与思想寄托也应该是文化的，是那种顺应历史潮流、勇于革新求变、外柔内刚的人文特质。作家应该怀着一种现代意识,从人性复杂多样的角度来审视历史。文学写作，是对人、人性、人道和人的精神的认知过程，文学文本承载着的是描写人、认知人的历史的经验和这种经验所带来的精神鼓舞，作家应以此来塑造沙地人物群像，塑造沙地人的人文品格。

有位文豪说过，悲剧比喜剧更深刻。《金蝉劫》描写了许多悲剧与悲剧人物。汇龙镇朱鼎魁一家的苦难史代表了那段历史岁月里沙地人的悲惨命运。小说主人公朱金蝉、朱元白、朱鼎魁等演绎了精神涅槃,《金蝉劫》的书名其寓意也是以朱金蝉为姓名的人物的化身及革命者和人民向往自由的精神涅槃。小说故事是一段一段写出来的,精神意志与思想却早已领先于故事情节作超越式的漫游。生活场景是一章一章写出来的,人物的归宿却早已浓缩在思维深处。父亲及父亲上一辈的老汇龙镇人基本都已驾鹤仙逝,我书写的场景是否逼真已无法获得他们的指导,但我坚信书中蕴含的意韵应当在他们期望的界域之内。我的小说写作也达到了自己预想的目标。《金蝉劫》饱含着我和先辈们的热望,在新年的春光里花儿般开放了,它是一朵红色的花。

《金蝉劫》在适当地运用沙地方言的基础上还糅进了许多江南文化及环境风貌的融合拓展,使小说的文风浸蘸了沙地乡土文化的气息,给小说增添了多层色彩。历史证明了沙地文化就是江南文化的延伸,是江南民风民俗的延伸,也有沙地人自身的创造。汇龙古镇原是美丽的江南水乡风貌,被日本军队烧毁了。《金蝉劫》还原了古镇风貌。那是我心中的旧时故乡风貌。

《金蝉劫》的写作结束了,但我的沙地文学创作热情才刚刚被点燃。作家要时刻不忘从审视历史的角度来叙说心中的故事,来捕捉生活的真谛,拓展我们的思想,追求美好的未来。我要超越自己的写作思绪,追求小说更深邃的意境,不求多产而求精进,只讲耕耘不问收获,以此面对我的未来。

(本文为作者在中国启东第四届江海文化节沙地文学《金蝉劫》研讨会上的发言稿。)

乡下舅舅

二十世纪六十年代初，父亲带我到沙地乡下舅舅家玩，那年我十岁。从县城的老城墙根下的九曲河码头上船，一条水路在老船工有节律的摇橹声里，咿咿呀呀的，在飞扬着柳絮和油菜花香的乡间慢腾腾地行走。静静的，我进入了一个梦，梦里我来到舅舅家，家中雕梁画栋，雏燕飞翔。

老船工的桨声终于留在我的记忆里了。一弯垂柳下，遥遥立着一个身穿长袍的人，他两手各牵着一个小孩，正朝着我们的小船夸张地笑。那就是舅舅了，我想喊，舅舅先向我们招呼道："来了来了，你们终于来了！"他手牵着的两个小孩也欢蹦乱跳地在河沿上笑着叫着。

河水气息很清新，河沿上嫩苇的香味又送了上来，这是我在县城里从未闻到过的。舅舅曾应允过我，到他家做客会给我吃大闸蟹，给我吃大肉粽，还要带我到黄海边去看大风车。舅舅说过，流过北河沿后的那条大河是一直东流到海的。那河里有河妖，月黑风高的时候还有强盗，不过现在他们都被英雄好汉们打败了、赶走了。舅舅还给我讲过《水浒传》里英雄的故事，这使我胆气大增，我对黑夜里的影子都不怕了。被舅舅许多次精心描述过的乡下的那条大河一直在我心里藏着，我把它想象成了《水浒传》里的梁山水泊。如今一路水路行来，水秀天净，柔柔的风吹得我浑身汗毛孔都酥酥的，我想这种地方也有什么英雄打妖怪打强盗的故事发生，不是舅舅哄我，那才怪。父亲提着一只大藤箱大步跨跳上岸，舅舅赶紧接了。

父亲前半辈子为生计走南闯北，随身都带着这只藤箱。这只箱包的四个角是用黄铜皮嵌包着的。岁月的磨砺使黄铜皮焕发出黄灿灿的光辉，这常使父亲的行装变得生气勃勃。舅舅家的两个小孩也来抓我的手，被我用力推开了。

舅舅家的两个小孩穿着同样的老蓝布衣服，衣服上印的花纹灰而淡，有好几处深浅不一。几天后当我和她们玩熟用手拉扯她们的衣服时，才摸到那些颜色深浅处的大补丁。她俩一个名字叫大毛，一个叫小毛。和她们玩得昏天黑地最开心时，我就给她俩各起了个绰号，一个叫鸡毛掸帚（她人很瘦，头发又常常很乱），一个叫毽子（她的头发常扎成一把朝天葱）。她们下面还有几个妹妹，名字都起得非常好听，那是舅舅苦心孤诣的杰作，分别叫霓虹、霓裳、霓雨。那时我弄不懂这些名字的意思，只觉得叫起来挺顺口，也觉得舅舅肚子里有墨水，是个读书人。

我和父亲跟着舅舅他们离开了北河沿，顺着河边的油菜地向南走去。舅舅的家就在前面的一个小镇里。我回头望，载我和父亲来的小船渐渐被油菜花畦淹没了，只剩一点点竹篙在蓝天里慢慢地摇。舅舅双手紧紧抓着父亲带来的藤箱，他的长衫下摆的一角已斜斜地塞在裤腰上，余下的衣角在我眼前飘来拂去，上面沾满淡黄色的花粉。南天飞过来几只会唱歌的小鸟，在我们头顶上飞翔着。舅舅仰首细眯着眼笑了一下，从藤箱上抽出一只手，将一只手指塞进嘴里，于是，那种鸟的叫声就从他的嘴里脆脆亮亮地吹了出来。咦——！我几乎要欢呼起来了。舅舅吹了一会，突然用手摸了一下我的头说：“教你好不好？”我闻到了舅舅手掌上的油菜花香。

到了舅舅家，确实如舅舅对我说的那样，就像到了自己家里一样。我们刚刚跨进门，几个活蹦乱跳的小孩和屋里飘出来的煮饭菜的香气一下子将我和父亲团团围住了。我的手被她们拉来拉去，我脖子上母亲给我戴的银项链成了她们最羡慕的东西，那个最小的小顽皮霓雨竟然当着大家的面用她那几颗稀疏的乳牙来咬链上的几颗漂亮铃铛，惹得我几乎要哭起来了。见此情景，舅舅笑着轻轻拧了小顽皮霓雨的耳朵，说：“大表哥的东西不许碰，听到了吗？”谁知那小顽皮根本不怕舅舅，在舅舅松开她耳朵的时候，顺势在舅舅的手臂上咬了一口。舅舅轻轻哼了一声，笑着说："你真是只小狗，连老爹也敢咬！"大毛小毛她们哄然而笑，非常开心。舅舅对她们说："你们领大表哥到街上去玩，不许吵架。"此时，父亲变戏法似的从身上掏出一把水果棒头糖一一塞到孩子们手中。大毛小毛一把抓住小顽皮霓雨的小手，两双眼睛紧紧盯住舅舅，等待舅舅允许。舅舅脸孔变得有点严肃地说："寄爹给你们的就拿着吧，以后别人家给的东西谁都不能要，听清楚了吗？"此时，大毛小毛一松手，大家哄地一声喊，推着我到街上去玩。大毛小毛拉着我在小镇上象征性地兜了一圈，这儿除了有几家南货店、酱油店和一个小菜场，没有啥看头。我就与她们到她们家屋后一个空场院里玩跳房子（跳格子）。她们是女孩子，玩得很认真很开心，我不喜欢，就趁她们不注意偷偷溜回舅舅家。

我轻轻跨进门槛，只见舅舅正在灶后烧火，脸膛红红的，一片光彩。舅舅家房子很好，前后两个厢房。前厢房是客堂间，舅舅在这间房的角落里砌个灶，墙壁上挂着一副中堂，上面的字是用许多如鸟形的笔画书写而成的。从上往下看，仿佛一群小鸟从天而降，它们簇拥着，鸣叫着，上面的鸟踩着下面鸟的翅膀，盘旋着徐徐而落，那些青黑色翅膀飞翔出许多好看的花纹，真像天空里飘浮的一朵朵美丽的云彩。再从下往上看，喃，那些可爱的长着青黑色翅膀的小鸟正腾空而起，互相嬉戏着追逐着，下面的鸟用它小小的尖嘴巴噙住上面鸟的尾巴，黑乌乌的眼睛瞅着天空，给人一种振翅飞翔的感觉。看着这些字，我只觉得很好看很好玩，可是我一个也不认识。再看舅舅，他正被灶洞里钻出的一团团烟呛得难受，眼睛里流着眼泪。此时，父亲正在后面厢房里从他带来的藤箱里往外拿着东西。我轻轻溜到门口，看到父亲从箱子里拿出许多衣服和日用品，还有小孩子喜欢吃的酥糖。父亲一边往外拿，一边低着头和舅舅说话。

"我说志明呀，你也太辛苦了，一个人带这么多孩子，又当爹又当妈……"

"苦日子过惯了，无所谓。"

"大毛她娘一点消息都没有吗？孩子都这么大了，没见过亲娘。"

"我这几个孩子，哪一个不是命苦的！我这不是一直等着她吗？"

"这又何苦呢！如果她不在人世了呢？况且这社会，你是最清楚的，你已经为她背上了一个沉重的包袱，难道还为她背一辈子？"

"那又怕啥呢，我发过誓，这一辈子就要她。世上的女人很多，我却实在忘不了她……咳咳……"舅舅被烟呛得咳嗽起来，被灶火映红的脸膛涂上了一层腻腻的油灰色，显出一丝痛苦的表情。我赶快溜到舅舅背后，替他捶背。舅舅又痛苦地咳了一阵，回头发现是我，眼里闪动着很惊讶的神色。须臾，舅舅发红的眼睛里流出了几滴泪水。我用小手帮他揩，嘴里说着："舅舅莫哭，舅舅莫哭！"嘭啪啪，灶膛里突然爆了一下，舅舅一怔，紧接着开心地哈哈大笑起来。舅舅笑得很厉害，整个屋里都充满着他的笑声。

午饭开得很迟，看得出日头已经有点偏西。乡下人家用饭是很随意的，时间观念并不太强。舅舅从锅里变戏法似的取出一碗又一碗小菜，一律都是清蒸。那些菜里有一只（当地方言，个的意思）我记得很牢，那就是菠菜炖豆腐。舅舅说那只小菜名字叫"丁香白肉片红嘴绿鹦哥"。听舅舅那样说，我以为这碗菜里一定藏着鸟肉什么的，就用筷子去翻腾。舅舅笑了，又说，那只菜是乾隆皇帝下江南时吃的。"那怎么没有一块肉呢？"我很懊丧。"哈……"大毛小毛和小顽皮霓雨她们都哄堂大笑。她们大概早已听惯了舅舅戏称的这些菜名。笑罢，她们都津津有味地吃起来，吃得很开心。我仍不甘心，看遍桌上所有菜，没有我喜欢吃的肉。

"好外甥呀，"舅舅看到我的窘相，有点歉意地说："舅舅家里没有钱，穷呀，不过这没关系，将来会好的！你难得上舅舅家里来，一定不要说舅舅家里没肉吃噢！你看，这只炒咸瓜香喷喷的，就是炒精肉了，那只炖冬瓜也就是炖肥肉了。你记住了吗？孩子们都记住了吗？"

"记——住——了！"舅舅家的五个孩子都愉快地大声回答说。

此时，父亲插话说："志明呀，你家孩子真聪明，你一定要想办法让她们去上学读书，别耽误了。"

"寄爹，我最聪明！"小顽皮霓雨几乎喊了起来，"寄爹，你看到墙上挂的那画了吗，我晓得那些字。”

“不是画，那是条幅，叫中堂。”大毛纠正说。

“我晓得，”霓雨用小手擤了擤鼻涕，开始摇头晃脑背诵起来：“两……两个黄鹂鸣翠柳，一行白鹭上了天！”

“不对，是一行白鹭上青天！”饭桌上几个孩子都异口同声地纠正说。

“是一行白鹭上了天！”

“上青天！”

…………

记得那天下午，我跟大毛她们到北河沿玩。油菜地成了我们捉迷藏的好地方。我们在里面钻来钻去，弄得满头满脑都是黄黄的油菜花粉。我们玩得正疯，突然从不知什么地方钻出几个皮肤被太阳晒黑了的小孩子，领头的是个剃了光头的小男孩，手中拿着一根稍粗的嫩苇，说要和我们玩“官兵捉强盗”。大毛说：“我们扮官兵你们演强盗。”那小光头不肯，出言不逊说：“你爹才是强盗，你们都是强盗的儿子孙子！”大毛小毛突然好像发疯了一般向那小光头扑过去，嘴里喊着：“我爹是新四军，你爹才是强盗，我打死你！”霓虹霓裳也都冲上去，顷刻间一场肉搏战开始了。小顽皮霓雨竟然来鼓动我说：“大表哥，你帮我们揍他！”我一时不知所措，在家时我从来不和人打架，我妈管得很严，她怕我打伤身子，练坏性子。此时，大毛乱蓬蓬的头发已经被小光头扯住了，眼看她们处于劣势之中，霓雨用哀求的眼睛望着我。

“我爹是新四军！你们再骂我爹，我们就要拼老命啦！大表哥快帮帮我们呀，快来呀……”大毛向我发出了声嘶力竭的呼喊。我再也忍不住了，一股热血冲上心头，为了我舅舅的名声不再受到糟蹋，我像一头怒狮加入了战斗。此一战很快以我们得胜而告终。大毛小毛两人用手反绑了小光头，要他说一句话才放了他，那句话就是：“你爹是新四军，不是强盗。”

我们得胜回家后都悄悄换掉脏衣服，洗干净身上的泥巴，躲在家里不再出去。我想看看舅舅在做啥，屋前屋后不见他的身影。问大毛，大毛说：“爹爹在小菜场上班。”咦，真稀奇，乡下人也上班，我决定去看舅舅。

天上的红太阳已经歪西，小镇上出现了赶晚集的人。小镇最南头是小菜场，在芦苇棚下面放置一排石板，石板上排放了鱼呀虾呀蟹呀的。舅舅身穿蓝色工作服，手里拎着一杆秤，正在替人称鲫鱼。舅舅细眯着眼，嘴里轻轻哼着曲子。哦，舅舅是个“秤挝子”，待人很和气。乡下人脾气大，语言粗鲁，为了一星半点争得脸红脖子粗，有的还动手动脚推搡舅舅，舅舅都以微笑待之。我仔细看了半天，舅舅不卑不亢，大好人一个。此时我发现一个衣衫褴褛的老妇人围着虾摊不停地摸来摸去。她趁卖虾人不备偷了几只虾。一会儿，有人买虾请舅舅过秤。舅舅称过后报了分量，卖虾人不相信，同舅舅争吵起来，那人骂舅舅是“做过强盗的人”，舅舅脸上的笑容瞬时消失了，拿秤杆的手微微颤动，嘴唇发抖着说：“你……你说话要有分寸，我做过没做过强盗政府最清楚，用不着你教训我！你这个浑蛋，没有教养的东西！”我头一回看到舅舅骂人，逢人开口就微笑的舅舅完全变了样。我人虽小，但胆量很大。我突然冲进去，一把抓住那老妇人的衣服对舅舅说虾是她偷的。舅舅一看是我，脸上的怒色很快褪了下去。舅舅伸出微颤的手摸摸我的头，从口袋里摸出两角钱送到那位老妇人手里。老妇人眼圈红了，泪水顺着眼边的皱纹滴落下来。她将挽于手臂上的小竹篮取下，把里面的虾倒于石台上，嘴里念念有词地说：“罪过罪过！”

晚霞将要消失的时候，刚才还是乱哄哄的小菜场清静下来。舅舅先用小笤帚将石板上的烂鱼烂虾和水草什么的一一打扫掉，再用水桶泼水冲。当他手握大扫把一下一下清扫场地的声音传到我耳朵里时，天空完全黑下来了。我悄然站于小菜场的一角，偷偷看着舅舅做着这些。突然，有一个很轻的声音叫了一下，喵呜，舅舅在黑夜里寻找到了一只小黑猫。舅舅一只手抓着大扫把，一只手抱着小黑猫，轻轻咳嗽了几下，慢慢从小菜场的黑暗处走出来。舅舅发现了我，我也看清楚了舅舅手里的小黑猫眼睛里有一丝闪亮。舅舅说了一句“你怎么还在这里”，就将小黑猫交给我。我问舅舅：“要不要带回家？”舅舅说：“它已经没有家了，带回去再说。”此时，小黑猫叫了一声，那是一种很让人同情怜悯的叫声，又稚嫩又凄凉。我从小街上一家人家刚刚点亮的油灯的微光里，看见了舅舅眼睛里好像闪出一丝泪光。“舅舅。”我亲热地叫了他一声。他轻轻地点点头，将大扫帚夹于腋下，从衣兜里掏出一支勇士牌香烟，点燃后深深吸了一口，慢慢吐出一串烟圈，它们在这静谧的暗夜里倏然开放着，很好看。

晚饭是父亲弄的，一只炒青菜，一只炒菠菜，一只炖蛋。大毛她们看到舅舅和我走进屋都欢呼一声：“来啦来啦，我们要吃夜饭嘞！”她们嘴上这样说着，手上仍旧没有动筷子，端端正正坐着，直到舅舅和我洗漱后坐下来。舅舅轻轻地讲了一句话后大家才动了筷子。舅舅说：“还等什么，吃吧！”

舅舅家晚上点一盏煤油灯，俗称美孚罩，昏黄色的灯光将我们身后的影子拉得很大很长。父亲从灶后的暗影里走出来，手里抓着那只小黑猫，说：“哪里钻出来的小猫哇，人都没饭吃你还来趁热闹！”喵呜……又稚嫩又凄凉的叫声在美孚罩晕黄的光线里更觉几分凄惨。小霓雨头一个从凳子上下来，要抱小黑猫，父亲不让，要将它丢出去。此时，舅舅说了：“先养着吧，多客不添菜。”父亲摇摇头，很深地叹了口气，说：“志明啊，你的心肠太软了，今后的日子你到底怎么过唷！”舅舅好像突然来了精神，叫大毛从内厢屋里取出一壶老白酒，邀我父亲同酌。舅舅还特地给我斟了一杯。我脸红着说我不会，舅舅说不会也要喝，男儿要自强就必须学会喝酒。

父亲与舅舅喝多了酒，满面通红，眼珠子都布满血丝。我听舅舅的话也喝了几口，一股醇香直灌胸肺，有酣畅淋漓的热浪在肚子里翻滚，红云悠然涌上脸膛，惹得大毛她们几个快乐地拍着手喊道：“醉了醉了，大表哥喝醉了！”

晚饭后，舅舅叫大毛从内厢屋里取出一个猩红绒做的长条袋子，摸出两样乐器，一为箫，一为二胡。舅舅用手指指着两样东西问：“你们要听哪个？”“二胡——”大毛她们异口同声说。我从来没有听过舅舅吹箫，我从小骨子里就喜欢金戈铁马、剑啸江湖。大毛她们是女孩子，她们喜欢热闹。舅舅把目光移向了我，在昏黄色的光线里，他的目光闪闪发亮。“随便。”我稍想了想说。

一柄深红色木头做的二胡慢慢在舅舅的手上舒展开来，那束棕色的弓弦在舅舅的手指间驯服地摆动，好听的音乐就被拉了出来。我听不懂，只觉得乐声悠扬，好像有人在田野里太阳底下放风筝，还像夏天水塘里的青蛙与苇叶上织布娘娘的大合唱，隐隐的有孩子们在大地上奔跑追逐和呐喊。我想起午后与大毛她们打架的事，心里竟然涌上一丝快乐的感觉。——嘎吱，舅舅的手法运用得过快，胡琴上的松香被拉掉一小块，本来流淌的音乐顿时混进了一种好像撕扯破布的嘈杂声。

太难听了，不听，不听，不听啦……小顽皮霓雨首先用手捂了耳朵。霓虹霓裳也相继噘起小嘴。这小姐妹俩长得非常相像，说话的声音也是一个调，有时只看见嘴巴在动，搞不清谁在说话。此时，只有大毛小毛仍端坐不动，很乖。

“讲故事好吗？”舅舅拉完一曲，仍兴致勃勃地问道，“今天讲什么好呢，《三国演义》里的空城计，赵云单骑救阿斗，还是《水浒传》里武松打虎，林冲被逼上梁山的故事？”舅舅一边整理二胡，一边说。

“这些都听过了，老掉牙了，要新鲜的，有趣一点的！”

“好好，你们的胃口真是越来越大，让我想想……”舅舅很认真地思考了一会，低着的头微微抬起，被老白酒激红的双眼放出幸福的光辉。于是，舅舅沉缓地给我们讲起了一只鲜为人知的故事。故事里有胆大心细、正直善良的战士，有勇敢美丽、视死如归的青年女学生，他们为了共同的目标，生生分离，再未见面。我被那优美的故事感染，好几个晚上做梦做到了故事里。那天听完故事我就问大毛好听不好听，大毛说：“我就想哭。”

犹记得那天舅舅讲完故事，长叹了一声。他微低了头，手捧茶壶细细啜饮，直啜出壶干的吱吱声。昏黄的美孚罩灯芯爆出一屋灯花，一缕细烟袅袅地升起，重重地熏黑了灯罩。我和大毛姐妹们都双手伏于饭桌，伸着脑袋听得出了神，好像只有小顽皮霓雨睡着了，发出轻轻的鼾声。我父亲走过来，取下灯罩，用剪刀剪去烧结的灯芯，插上灯罩后屋里重又亮了起来。

"她回来了吗，爹爹？"大毛呆呆地想了一会问道。

舅舅仍微低着头。

"爹爹，故事讲完了吗？"霓虹霓裳同时问道，她们的眼睛闪着泪光。

"唉……"舅舅又深叹一口气，终于抬起头，慢慢说了一句，"孩子们，今晚就到这里，都去睡吧！"

"爹爹。"霓虹霓裳恋恋不舍，慢慢从凳子上下来，用手臂擦去眼睛里的泪水，去屋里找盆洗脚。舅舅站起来，双手抱了小顽皮霓雨说："嘴巴挺凶，人倒已睡着了，爹爹抱你睡觉去。"大毛小毛姐妹俩马上抢过来说："爹爹，快放下，我们弄她去睡吧！嗨，一会儿就睡得那么死。"小毛用嘴附着霓雨耳朵小声说："霓雨，夜猫来了！"霓雨只哼了一下睡得更死。舅舅放下霓雨，让姐妹俩抱去，轻笑一下说："打雷她都不会醒。"

我被安排同父亲睡，大毛五姐妹睡一张床。我睡不着，悄悄摸过去看，她们全都钻在被子里，一条老蓝布碎花被被她们拉扯成圆筛状，不知是谁的头或屁股在一拱一拱，一会儿又不动了。我故意屏住呼吸，慢慢使了劲去拉被子。突然一个人的头从被子里猛钻出来，口里喊一声："妈呀，要闷死了！嘻嘻。"很快，五姐妹全都露了头，这个说小毛的屁真臭，那个说霓雨的脚蹬了她的屁股，接着又朝我笑，嘴里学着狗叫猫叫，乐颠颠那才真叫疯呢。我用手伸进被子里面一摸，嘿，真暖和呀！她们疯了一阵，突然都伸出手来拉我，邀我一起钻被窝。我突然想起我是个男孩子，马上脸红了，说："不钻不钻！"我一边往后退一边朝她们嘿嘿直笑。我嘴巴上硬，心里是很想上床去疯一疯的。我踮着脚尖回到父亲床上，抬头望见窗口淡淡的星光，睁着眼睛睡不着。头一回上舅舅家，一切都那么新鲜有趣。想起一天的情景，想起舅舅一家的生活，我总觉得缺少了什么。我开始想家，想妈妈了。妈妈每天黄昏都要照看我，把我从疯玩中唤回家，替我洗手和脸，替我盖被子，看着我甜甜睡去……而大毛她们好像只有爹爹。我想了一会有点困，侧耳细听，大毛她们没了动静。忽然，一阵轻悠的乐声钻进耳朵，那声音很低沉，细听之，竟然藏着阵阵哀戚之音，呜呜咽咽。

我好奇地爬起来，悄悄走过去。美孚罩灯光很暗淡。舅舅低了头在吹箫，箫声里渐渐有了雄浑悲亢之音，如风雨交加、金戈铁马。我悄悄听了一会，怕被舅舅发现责怪，就慢慢缩回去。突然，箫声停了，我抬头看到舅舅低了头用手和衣袖揩眼睛。舅舅一定哭了！我偷偷想。等我回到父亲床上，一会儿就睡着了。在梦里，我好像一直听着舅舅的箫声，我被那低沉的旋律打动了，心里流出了热泪。

乡下的鸡叫得特别早。迷迷糊糊中，我听到舅舅在叫大毛。隔着窗户，我听到吱吱咕咕像是磨盘滚动的声音。此时，父亲用手在我屁股上轻轻拧了一下："小懒虫，快起床！你看看乡下孩子早晨在做什么？"我努力睁开眼睛，窗格子里仍黑乎乎的。后院那边，似乎有一点亮光。我侧耳细听，那边传来吱吱咕咕的声音。

我跟着父亲摸黑向那边走去。

后院的东南角有一块菜地，走过那片菜地有一间茅草房，灯光和声音就是从那间草房内钻出来的。黑暗中一只小东西挡住去路，仰着头朝我们乱叫。我细看，那是舅舅昨天捡回的小黑猫，刚过一天就知道为主人看家了，真乖。我先于父亲将那间草房的柴门推开。嗬，屋里有一股热气朝我扑来，有一种黄豆子的醇香迅速钻入我的鼻孔。穿过热腾腾的雾气，我惊讶地发现，舅舅和他的五朵金花都在屋内忙碌。他们低头努力工作着，竟然还未曾察觉我们已经走进来了。那是怎样的一幅叫人一辈子难以忘记的图画啊：屋里有一架脸盆大的石磨，黄白相间的磨盘缓缓蠕动着，发出吱吱咕咕好像老牛磨牙的声音。一根"Y"字形的磨杆一头咬住磨盘，一头驮着霓虹霓裳两姐妹不停地做圆周运动。小顽皮霓雨正一把一把很有规律地往磨洞里放豆子，她的小手一甩一甩，仿佛正在练习弹奏古琴或琵琶。石磨下汩汩流淌着好听的音乐。豆子的香气氤氲。大毛手里抓着一把大铲刀不停挥舞着，像个指挥家，那口时隐时现的铁锅是她演出的舞台。舞台后面自然是她的影子她的搭档小毛了。小毛满脸通红地吹着一根吹火筒，时而爆发出一些噼噼啪啪火热的音律。她们的有特色的头发在草房子的火红影子里跳舞，蒸发出豆子醉人的香气。屋内最大的影子当属舅舅，他身穿一件白大褂，手里绞着一个白袋子，时不时捶上几拳，有点像武松打虎。噗噗噗，他手下的白老虎发出轻轻的呻吟……我正看着，乡下的鸡叫了，屋外的曦光钻进门，将我和父亲的身影放映给舅舅和他的女儿们。只听小顽皮尖叫了一声，五姊妹都亲热地叫我一声："表哥早！"那种热乎乎的气氛令我感动不已。

后来我没看清楚舅舅用啥魔法点了豆腐，五姊妹笑嘻嘻地将豆腐装入格子里去。也许是她们人太小，无法多出活，我数了数，她们一早上只做了八个格子豆腐。舅舅将这八个格子豆腐拿到屋前小街上，叫大毛她们去卖，他自己则到小菜场上班去。大毛将上面格子的白布轻轻掀开，用一把薄薄的黄铜刀将雪白的嫩豆腐切开来卖。她们没有吆喝，一边互相帮助梳头一边唱歌。她们一会儿哼一会儿唱，大部分哼唱的是越剧和家乡小曲。大毛唱得最好，她唱的《楼台会》戏曲韵味很浓，惹得我心里痒痒的也学着唱：

小别重逢梁山伯，
倒叫我又是欢喜又伤悲。
喜的是今日能够重相会，
悲的是美满姻缘已拆开。
…………

"大表哥也唱歌了，嘻嘻。"我们的歌声里夹杂着霓雨的笑声。在不经意间，我们的豆腐格子前站了不少人，有街坊，也有赶早市的农人。他们先听一会儿歌再买豆腐。有的买了豆腐再听。也有人评价说，她们小姊妹可以开个戏班子，谁谁当花旦，谁谁当小生。不知不觉，我们的豆腐卖光了。小毛自觉地去烧早饭，大毛她们将豆腐格子拿到北河里去洗涤。

红太阳一竿子高了，舅舅还未回来。大毛说："你们跟我下田。"于是小毛她们拿着脸盆脚盆跟着大毛向北河沿方向走去。她们一边走一边敲敲打打。我跟在她们后边，心里猜想她们大概又要到北河沿去疯玩。

顺着北河沿向西再往南拐约五十米是一块菜地，种着许多绿油油的蔬菜。这儿地势稍高，站在上面可以看到北河里航行的好多小船。这块田大约有一亩半，最南边一小块是个祖坟，坟上种了小松柏，蓊郁青翠。大毛先向祖坟鞠躬致礼，然后说："大家舀水去！"这块田是靠北河水浇灌的，舅舅在通向河边的几块生田边上挖掘了一条小水渠，再从河里舀水浇田。大毛她们开始干活，用脸盆向水渠舀水。红太阳很高了，小水渠里闪动着金光，五姐妹脸蛋红扑扑地喘着粗气。我站在菜田里远远望着她们劳作帮不上手，因为大毛说我是种田的外行，不许我插手帮忙。我只看到大毛她们的头一躬一躬，好像不停地向祖坟磕头。她们的头发在阳光里飘荡，仿佛一朵朵太阳花。太阳光里突然钻出昨日里和我们打仗的几个小孩子，那个野蛮的小光头扑通跳在水渠里用身子做了人墙说："不许你们浇田！"另外几个小孩竟然搬起土块往水渠里丢。我心头顿时火起，大喊一声："小毛贼妄想搞破坏，我打死你们！"说完像狼一样猛扑过去。小光头回头一看是我，知道不是我的对手，跳出水渠就逃掉了。大毛她们都含着泪向我招手致谢。大毛对我说，这条小水渠经常被人破坏，她们白天辛辛苦苦灌满了水，一到晚上，上田的人家就偷偷掘开放水，舅舅和她们就再修理再灌水。

水渠终于灌满了清凉的河水，溢出的水缓缓渗进菜田，滋润了那片绿色。大毛她们围着绿油油的菜地看，高兴得又唱歌了。此时，我抬头望见北河里有几艘大木船正向西航来，远远的几排拉纤绳的船工哼着号子弓着身子沿河而行。大毛笑着说："大表哥快看，他们这是向我们磕头呢！"大毛又说："我爹爹说这块田风水好，行船人每天向我家祖坟磕头，老祖宗会保佑我们的。我爹爹说，他就是从前面这条北河里乘船参加新四军去打日本鬼子的。是老祖宗保佑他，他身上一块皮肉都没伤着。"我问她："舅舅真当过新四军，那他为什么还是一个'秤挞子'，不去当大官？"大毛好像不屑一顾地回答我说："爹爹说为人民服务干啥行当都好，爹爹是为了我们几个姊妹才不出去做官的，做官有啥好？"霓虹霓裳在旁边也异口同声地说："做官有啥好！"红太阳光照在我脸上，照得我热辣辣的。我在比我小不了一岁两岁的几个表妹面前哑口无言。她们小小年纪就成了这块土地的主人，我自叹不如。

吃了午饭，我对父亲说我想回家了。父亲笑我说："没来时天天吵着要来，来了又想回去了，你看看舅舅家的五姊妹，穷人家的孩子早已知道当家做事了，你还那样娇生惯养，像个男子汉吗？”舅舅马上替我说话，他说：“好外甥再住几天，舅舅一定带你去黄海边看大风车，好吗？”

“不好。”我好像有点要哭的样子凶凶地说。其实我是不习惯乡下的生活，县城里热热闹闹的，有许多好玩的地方，晚上能看电影看戏，可以和小伙伴在街巷里疯玩。乡下一到晚上黑咕隆咚太寂寞。

“好吧。”舅舅很理解我，就同我父亲商量。舅舅说：“下午这里没有客船，就坐小车回去吧？”“只能这样了。”我父亲说。

那是这样子的小车呀，一个独轮，两面窄窄的车帮做了搭客的座位，一个人坐在上面，独轮车就倾向另一面，还要推车的师傅两手抓紧两根车杠子努力地保持平衡。父亲让我一人坐了，他跟车走路。我高高坐于车上，样子怪怪的。大毛她们都来送我们，看到我的丑样子都快乐地笑了。她们说：“大表哥真像个小老太婆！”因为在她们眼里，坐这种小车的只有老太婆或者小媳妇了。大毛她们一直跟着我们车子走，沿着北河沿走。到了小镇头了，舅舅站住了，我们继续往前走。舅舅不停地向我们招手。远远看去舅舅与小镇越来越远，越来越矮，最后被河沿上的油菜花淹没了。我和父亲劝大毛她们快回去，大毛说：“我们走惯了，再送一送！”突然父亲的那只捆于车帮另一侧嵌着黄铜皮的藤箱里发出呜咽之声（我父亲悄悄带走了舅舅抱回家的那只小猫），我惊异于这种悲凉之音。我抬头向北河望去，红太阳下面河水泛出刺眼的光芒，远处似有一只小船隐隐游荡，无纤无桨。

走了大约一公里路，大毛说：“我们回去了！”说完驻足向我们挥手告别。我看见大毛姊妹们眼里都含着眼泪，伴着藤箱里的呜咽之声，她们终于消失在我的视线里。我终于也呜呜地哭了，我边哭边问父亲：“舅舅那天讲的故事好悲惨，舅舅讲的故事是真的吗？”父亲认真地瞧瞧我，认真地说：“是真的，你舅舅就是那个青年，你舅舅当年参加了新四军。”

“啊，舅舅真伟大！”我破涕为笑，坐在独轮车上蹬着脚，弄得车夫直喊：“小官人，勿乱动勿乱动唉。”

河水清新，河畔的沙地一片金黄。

沙地父亲

父亲是从旧社会走过来的人，一九四九年后参加革命工作，做过我们这沙地小城里最小的官——街道办主任三十余年，可算得上沙地老干部了。几十年的风风雨雨，父亲的人生经历足可以写一本自传体的书。

他退休以后兴趣广泛，种花养草，绘画书法，好像总没闲着。父亲的文笔很好，可从来不写文章拿去发表，所以他喜欢给子女们写信。父亲的每一封信都在千字以上，描情状物，总带一个情字，将我们子女的心紧紧串在一起。因此，我们都收藏了许多父亲的信。现在通信现代化了，家家都有电话，还有电脑、手机，可发电子邮件、短信息。可父亲在电话里说不过瘾，一有空就坐下来写信“作文”，乐此不疲。二〇〇〇年元旦，我家搬进了新楼房，三室一厅，非常宽敞。父亲整天笑呵呵的。他把自己关进漂亮舒适的房间里埋头写字，两个月后，竟然交给我一沓书稿，题目是《我的回忆录》。父亲终于写文章了！我看着父亲有点返老还童的笑颜，怦然心动，激动不已。

父亲的回忆录采取章回结构，共六章十四节，按时间顺序书写，娓娓道来，甚有史志的味道。父亲文笔舒远，从追溯家乡沙地的历史掌故、风土人情谈起，追根溯源至三代先祖，也描写了他这一生的境遇。父亲说，沙地人上几辈是从江南迁徙到江北的。古时候沙地一片汪洋，后来才有沙民开荒，有崇明粮户地主赎买土地、建筑河岸并通商，也才慢慢有了沙地的开埠兴旺。沙地汇龙镇开埠时共有十八家商铺，北来来南货店、春和堂中药店、瑞丰昶棉布店、恒孚南货店、鼎和斋茶食店、沈裕春烟烛店、汇中楼茶馆、陶晓芝羊肉店……父亲如数家珍。

父亲的回忆录中最精彩的部分是他曾经三次申请入党未果的故事。父亲将这些半公开半隐私的细节描写得很实在，真实感人。

父亲这一生中未了的心事就是未能加入中国共产党。

他第一次要求入党是在一九五六年。他积极参加了对手工业和资本主义工商业进行社会主义改造的合作化运动。他积极工作，被选举为县人大代表，在担任街道办主任的同时，他又被工商业主们推选兼任了某合作商店经理。在工作中，父亲清正廉洁，从不收受群众礼物，哪怕是一篮米饭圆子、几斤鸡蛋都拒收。记不清有多少回了，父亲的大嗓门在我家门口回荡，引得邻居及路人都侧目相看。父亲在教育那些拍马屁的人时就像在骂人，将送礼的人都“吓跑”了，鸡蛋掉在地上，碎了。父亲这种品格，被一些人误解为群众基础差，也为父亲的入党之事埋下“是非”根子。在党外，父亲是个清正廉洁的好干部；在党内，父亲总是个入党积极分子，可老不“进步”。“文革”初期,父亲被当作小城里最小的“走资派”受到冲击。

一九六八年的秋天，父亲的冤案得以平反。他做的第一件事，就是向组织第二次递交入党申请书。那个时候，动乱正甚，汇龙镇的党委书记拿了父亲的入党申请书一脸的苦笑，他紧握住父亲的手说了一句话：“老朱同志，你是党的好同志，你的愿望一定会实现！”也许，这个党委书记讲的是一句心里话，而在那个时候实在也是一句大空话。父亲却激动得热泪盈眶。

时光如梭。一九八二年，父亲就要退休了，看着家庭幸福、子孙满堂的好日子，他怀着对共产党的满腔热爱和对共产主义的忠贞信念，第三次提起手中的笔，向党组织写了入党申请书。他写道：“我这一辈子跟党走，任何东西都阻挡不了我对党的热爱和信念。在这世界上,金钱难买爱和情，更难买赤子心，我的心是属于党的……”

父亲的心早已经入党了，数十年为党工作，兢兢业业当好了这小城里最小的“官”，一身正气，两袖清风，街坊邻居有口皆碑。父亲的清廉和宁馨，使他浑身轻松。八十多岁了，他仍坚持晨练，上公园的小泥山仍健步如飞，偶尔，于无人处提提嗓子喊一声“同志们——”，声音洪亮依旧，像在为居民作报告。

父亲活到九十多岁，去世前，他没多说家庭琐事和财产遗嘱，只是将我给他置办的寿衣等物一一过目。父亲对死很坦然。他要我将写好的悼词读给他听。我一边读一边流着泪。父亲眼睛里闪着慈爱的光，伸出一个手指头，比画“九”字的形状，轻轻安慰我说：“别哭呀，人都要走的，我已经很满足了。”

我泪如雨下。

父亲的画

整理书房时发现了父亲的画。

父亲喜欢国画，闲来常常独自关在书房里一边吞云吐雾地抽烟，一边泼墨画画。记得那年中秋节，八十岁的父亲乘兴画了一幅《老街新月图》。以往父亲的画，线条勾勒比较简单，一景一物，留空处涂一点淡墨，将事物存在的空间描画得很朦胧，给人一种似是而非的沧桑感。

《老街新月图》却是一幅对比度很强的写实画。

我们住的老街原有江南水乡小镇的风骨，窄窄的青石板镶嵌在对街两排老式民居的酒肆商行之间，而父亲画画时，东街旧屋陋巷古风尚存，西街却已高楼耸立……旧城改造使之“面目全非”。父亲的画上，大块的是西街的新楼，一弯新月下，东街的旧瓦陋屋被压在画的右下方小小的角落里。

“咦,那是什么字？”看到西街一店楣上有几个蝇头小篆,我好奇发问。

“鼎和斋。”父亲眼睛亮亮地说。

我早就听父亲讲过鼎和斋的故事，父亲将思古之幽情泼画在他的《老街新月图》中。父亲怀旧心思很重，常常给我们讲老街的历史（父亲曾担任过老街三十多年的街道办主任，对这条老街非常熟悉）。老街是这座滨江临海新兴城市的发祥之地,挂在父亲嘴边的十几家古店可在《启东县志》上查到。“鼎和斋的咸番烧最好吃！”父亲眯起眼睛回味道，“可惜那店叫日本鬼子一把火烧脱了！店老板爷仨在一年内相继因破产贫病而死，只剩下寡妇娘带个小孩子哭哭啼啼回江南老家去了……”

“文化大革命中被批斗的那个开老虎灶的叫小苏州的人是不是鼎和斋的后代？”

“难说啊，这个人从外地漂过来，一直租着西街鼎和斋的旧房子做小生意，到老也没发起来。此人讲一口苏州话，却不肯讲他的来历，文化大革命中就被批斗了。”

“记得改革开放那年来了两对年轻夫妇，他们租了小苏州的旧房子做蛋糕生意，如今越做越大，已经开了三爿分店了，员工百来人，出门开小汽车，成了市里有名的优秀私营企业主……”

“这个我晓得，他们是小苏州介绍来的！”父亲边说边给他的画添上最后一笔。

我儿子放学回家，看了爷爷的新作，竟发了一通感慨，大意是：现代化建设日新月异，大都市的意识像电脑升级换代“奔腾”不止，这条老街早就该拆了，还画这些旧房子做啥啊？

“过了年东街也要拆了，住了几十年的老房子，还真有点……”我对父亲的画有一种认同的理解。新楼大道固然气派现代化，但像老街那样包蕴历史沧桑的那种特有的古旧氛围的旧景物消逝了，那种大都市人所向往的返璞归真的恋古寻根情结将荡然无存，又岂不可惜？于是一丝隐隐的失落感不觉悄然兜上心头，就像父亲怀恋着那爿小店——鼎和斋。

中秋月从东天升起，老街一片温馨。西街的新楼上挂下一串串巨大的红灯笼，灯笼上贴着古色古香的“福”字。父亲仰着头看，眼睛眯成一条线，若有所思地颔首微笑了。

一晃许多年过去了，我默默欣赏着父亲的画，回忆着父亲睿智的笑容。如今家乡建设已经进入桥港新时代，重塑历史文化古迹的理念与传承成为新的文化追求，我也将父亲记忆中的老街鼎和斋的故事嵌入长篇历史小说《金蝉劫》之中并获得成功。父亲的热爱家乡热爱历史文化的思绪浓浓地画在他的画中，至今看来还觉新鲜。

我和父亲

父亲曾在汇龙镇担任过三十多年的街道办主任，在这个国家最基层的行政岗位上兢兢业业地工作，克己奉公、清正廉洁，在平凡的岗位上做出了不平凡的业绩，曾多次被推选为县人大代表。父亲谦谦君子，德高望重，深受居民爱戴，是个十分优秀的基层干部。

我们小时候，父亲为一家人的生计而操劳着。父亲平时很少和我们这些小孩子交流，我们对父亲的记忆好像比较淡，觉得母亲比父亲对我们要亲切、要好，心中放第一位的，往往是母亲。可当看到母亲在父亲生病时那种失魂落魄的样子时，我有点迷惑。随着自己年岁的增长，在母亲去世以后，我才认识到父亲的重要性，他是一家之长，是顶梁柱。许多年过去了，父亲与我相依为命，当我在生活中遇到困难时，我总是先与父亲商量，然后同妻子说。这是我生活的准则。所以，我生活中没有什么事他不知道。这样，家中的大小事情就很容易解决，很容易沟通。

我们居住的老街的房子历经岁月沧桑十分破旧，父母辛苦了大半辈子，却因家贫无法解决翻盖新房之事，他们将这件大事寄托于我身上。记得在我儿子出生以后，母亲就多次同我商量盖房子的事。那时，我的存折上只有 500 元。我对母亲的热望感到心有余而力不足，而母亲却一次又一次地同我讲这件事。我问母亲，如果砌房子，我必须借款，你们能支持我多少呢？母亲说，数千元吧。我笑了，我知道她说的是实话。在二十世纪八十年代初，我家实际上仍是很贫困的，离万元户很遥远。母亲的关于催我砌房子的心却是真的。父母想在他们有生之年看到我家彻底翻身。母亲的催促使我心里有了搏一搏的想法。经过十多年的奋斗，我竟然成功了！当我家新楼盖好时，我和父母亲高兴得无法用语言表达。说句真心话，我砌房子的初衷是为了让父母高兴，让大家看到我家彻底翻身。对于家产啊、钱财啊这些，我真的没太在意。后来，母亲生病了，父亲和我们的心思又放在母亲的病上，家里刚刚好转的生活又蒙上了一层阴影。想不到我家盖了新房，还未好好享受，母亲就病了。我有时就想，我母亲难道真的是个贫苦的命？她的时代随着我家的新房子的出现而结束了吗？在过去的破屋子里，母亲一直欢蹦乱跳，住了新楼房却开始脚步踉跄，继而扶着墙壁走路，最后病在床上。我一直想不通这一点。

从母亲生病瘫痪到离世整整四年，父亲一直很辛苦。那时由于我们都在上班，只有父亲忠实地陪伴着她。父亲好像在还母亲的债，他在细心地照料母亲这方面是那么的真情无私，这使我和妻儿受到了潜移默化的教育。也许，当灾难来临时，一个人的品质才呈现出来。父母在世时给了我们太多的教诲，使我们真真切切弄懂了什么叫作人间真爱。父母对我们的爱是超过一切的爱，像是一个不离不弃的魂，包裹着我们。我们对父母的爱也是对这种爱的反哺。母亲过世后，父亲一直跟着我，他一直身体很好；有时生病了，我马上带他去看，从不马虎。哪怕是感冒了，也立即带他去医院挂水。父亲说："你别那么大惊小怪。"我不同意他，硬带他去。现在想想这是防患在前，对保护老人有好处的。后来我到苏州去工作，有几年我不在他身边，也许就造成了对他的疏忽。虽然有我妻子在照顾他，但父亲是个要强的人，没有大毛病，他不想麻烦儿媳妇。

父亲一直在老家，替我看着管着这个家。我们与他在一起生活习惯了，他从未与我们吵闹过，妻也从未嫌他，我们过得非常开心。在经济方面，父亲是独立的，我们从不过问他的钱物去处。尤其在拆迁以后，我们把管理房子的权力交给了他，任由他处理。他呢，好像有了房子使他自己有了身价，在那些老街坊面前，他总说这房子是他自己的，争个面子。而我们也很为父亲感觉特有面子而高兴。其实，父亲心里很清楚。有时，他可能听了那些嚼舌头的老人的话，回家同我们说："我怎么成了一个被扫地出门的人了呢？我的房子呢？"我说："爸爸，你住的房子不就是你的房子吗？我和妻子两个人住一间，你一个人住一间，你的面积比我们还大，这客厅又是你活动的地方，你想干什么就干什么，这有什么想不通的呢？"他笑了，说他能一个人住个好房间，只有他年轻时到上海学生意时老板给他住过，想想也真是很好了。

父亲九十岁那年得了不治之症，我知道后第一个反应就是流泪。我知道这世界上没有可治好父亲的病的办法！我想如果有，我会拼命去做挽救他生命的事的。我在流泪，我在思索，有两个办法，一个是轰轰烈烈地替他看病，一个是静静地保守地照料他到生命的终结。但不管采取哪个办法，都是无用之功。人在这种时候是那么的无助、那么的无望。我在流泪中和父亲交谈，对他说事情的结果，讲人生的归宿。父亲听着我的那些伤心的话，半信半疑。他不能相信自己会走到生命的尽头了，他不相信自己生了这种病。

父亲一向是个意志坚强的人，从不向人生中的困难低头。当我赶回家同他谈关于他生病需治疗的事时，他坚决地说，他不会生这种病的。他的眼睛里充满了慈爱，目不转睛地看着我。我很委婉地对他说着一些关于人生与治病的话题，他好像开始明白了我的意思。他反过来安慰我，说着一些人生的最后归宿与自己高龄了并不那么在意了之类的话。他的话说得很从容，我内心深处的感觉是那么的震荡，那么的心痛。一个人当得知自己的可怕结局时，本是非常痛苦难受的，可是他却非常从容。我亲身感受到父亲有多么坚强的品格，这种品格平时是不容易被人感受到的。我与他平静地交谈着。我多次鼓励他说，现在科学发达了，上海大医院有一种新仪器可以治这种病。父亲说，能有最好，我不怕死，哪怕开刀开死，我不怕！父亲说这些话时眼睛里有一丝泪光，脸色微微发红。这次谈话很长，妻也在旁静静地听着，很少插话。因为她心里也明白，父亲患的是不治之症，我们之间的谈话是一种心灵的对话和安慰，结果是可以预见的，不容我们有太多选择的余地。在我们谈话的后面是大家心中深深的悲伤和心痛。从那时起，那种悲伤就时时刻刻包围着我们。直到现在，我仍沉浸在这种无边的哀痛之中。

父亲做了三十多年的街道办主任，是这小县城里最小的官。他做人诚实守信，与人为善，一身清廉。二十世纪六十年代，他曾被居民推选为县人大代表。多少年来，我的父亲是一个知书识礼的文化人，他的思想，他做人的品德，他的政治观点，他的人生目标，他的为人处世，都是我很敬佩和自豪的。他很少骂人，从来不讲粗话脏话。他清高无邪，无庸俗的低级趣味，他是一个情操高尚的人。由于高龄，他的同伴越来越少了，因此他深深地感到孤单。我小时候，父亲是很少同我对话的，只有母亲天天与我对话，非常热闹。我想那时也许父亲觉得我们是小辈，是他的子女，他和我们谈不来，而当我们都长大后，父亲与我们对话又有一种隔阂，因为有母亲在前，他又退居二线的缘故吧。当到了高龄晚年时，他非常渴望经常与我们在一起，我们又因各有家庭与子女的事情，或因为生活所需而出远门谋生，不能与他天天对话畅谈。尤其是我，在父亲最后几年的最宝贵时光里，工作在外地，没能让他天天和我在一起高谈阔论，没能解除他的寂寞与孤单，我深深地感到内疚与难过。

那天漫长而又心痛的谈话从上午八时起一直谈到中午十二时。吃过中午饭，父亲突然喊我，我与妻正在房间里看午间新闻，父亲还坐在餐桌旁边的椅子上喝茶。我看到父亲的左腿在不停地抽筋，这是我从来没看到过的现象。父亲也非常惊奇自己的身体会出现这样的情况。我心中明白，父亲在我面前有所克制的内心世界在有病的左腿的抽筋中散发出来了。我和妻赶快围上去，我一边抱起父亲的腿用双手按摩，一边安慰他。父亲终于哭了，眼圈红红的。父亲很少哭泣，这是他内心真情的流露。在我的按摩与安慰下，父亲很快平静下来，腿也恢复了正常。这是一次使我一辈子难以忘记的父子间的对话与交流，给我留下了非常深刻的印象。这是一次关于人生和死亡的对话，也许，每个人都会有机会碰到，但每个人对这个话题都有不同的态度。

父亲的病随着时间的推移慢慢地发展着，我每隔几天打电话问妻，妻总是伤心地说："爸爸又比前几天退步了。"死神正在一天天向父亲逼近。我因工作关系不能天天陪着父亲，只有请妻操心了。我每次回家看望父亲，他总是表现得很平静，在他生命的最后那段时光里，他对我说的最多的还是说他看淡了人生，他是以此来安慰我，他内心深处知道我对他的不舍，所以他总是这样说。他非常渴望我能陪着他，渴望我能减轻他肉体上的痛苦，减轻他内心的痛苦。我只能用替他按摩的方式来安慰他。每当我因工作去苏州时，他总是说："不要紧的，你放心走吧。"父亲在知道自己生命快要走完时表现出来的冷静与理智使我难以平静，难以自慰。他平静地处理着自己身后的事，他把一些较好的衣服挑出来，让我们送给保姆，他对保姆说："我家并不是你想象的那种有钱人家，我们没有好东西送给你，我谢谢你对我的帮助。"父亲又让我替他办理身后事，叮嘱我要以大孝替他行葬，叮嘱我不要收人情礼，叮嘱我每年清明节去看他，叮嘱我们子女要团结。我和妻把替他办好的寿衣等物一一拿给他看。他看了，叮嘱要戴帽子与围巾，他把眼镜和帽子试戴一下，和我商量戴哪副眼镜好看些。我把几副眼镜拿来让他戴，我替他挑了一副，他同意了。我又把他的照片用新买的大镜框装起来让他看，他表示满意。他说："能不能放彩色的？"我说："黑白的不会褪色。"他也同意了。我和父亲共同做着这些事，我的内心在痛苦地流泪，父亲那时还是完好无损的活鲜鲜的一个人啊，他是在指导我怎样对待人生的最后诀别的道理啊！那是真真切切的人生故事啊！我与他认真地、平静地做着。父亲的清高之处，就是这样平静地表现出来，其中的文化内涵一般人是体会不到的，可我内心清清楚楚。我非常敬佩非常理解父亲的做法，我为有这样的父亲而骄傲！

俗话说：养儿防老。父母生了我，有了儿子，他们就有了后半辈子的依靠。母亲去世后，我发现父亲把他收藏的我小时候的一张照片和他的那张最年轻的肖像放在一起，这种心情可想而知。妻子说："爸爸最宝贝大儿子！"父亲听后很开心地笑。在家乡，男孩子是要挑起养家糊口、传宗接代、照顾父母、为老人家养老送终的重任的。大家都遵守这种俗规，人人以男孩儿为此重任，家家都一样。几个姐姐最后因故没有为父亲送终，这不必苛责，她们家家都有事，不必强求。在父亲病重期间，她们都来了，与亲爱的父亲做了交流与道别，她们已经做得很好了，无多少遗憾。因此，在为父亲做了这件关乎人性的大事后，我觉得尽到了一生中人性的一个道义，一个完美人性的最大的道义。

当翻开多年的工作考勤表，我不由得一阵后悔。那些年我一直在外工作，很少回家，有一年出勤竟然达354天。除了在家过年和回老家单位开会，我竟成了不回家的人。我不回家，父亲就一定很寂寞。他又是一个总是为子女着想的人，当接到我的电话，总说“你好好工作，别想家”。现在想来，是我太幼稚，没有想到老人的寂寞，也没有体会到父亲已经风烛残年，生命时光宝贵。我真的很后悔。我们是舍不得他走的。无奈，人生苦短，百年之期转眼即逝，身边少了一个人，我们无比伤痛，深感寂寞。这种伤痛会长期萦绕我们心中，难以磨灭。所以，当我写信，一动笔（打字），就有泪在流。记得那年，我正在写一部长篇小说，是描写汇龙镇历史的。父亲很高兴，又告诉我许多珍贵的历史故事，这些资料，我记了下来。也许，他的口述会在我未来的长篇小说中出现。可惜的是，我的长篇小说出版时，他看不到了。小说中有他熟悉的流逝的旧时生活，只有他才能正确地评价我的小说。

人生都会有尽头有归宿的。在日渐步入老年行列的时候，我们才想起人生的意义到底是什么。我们是为谁而生为谁而死。像我的老父亲那样，我们能做到吗？其实，我们的一生，是属于自己的，也是属于别人的。这别人就是亲人、朋友、同事等。我想，我们要向父亲学习，教育好子女，为自己营造一个老时安身立命的去处。没有子女的照顾，那是很凄凉的。人老时没有亲人陪伴，没有儿女陪伴，那是很悲惨的。所以，我一直对儿子教育很严，一直关心着他。儿子总是同我说他生活与工作上的事，就像我与父亲面对面一样，无话不说。儿子和我对父亲一样，对他的爷爷非常热爱、非常关心。在他眼里，爷爷一直是同我们一样重要的。因此，别人看到我们对父亲的爱非常羡慕，同时也有点奇怪。在街坊邻居眼里，我们做得太好了，在他们的赞叹声中，我却感到人世间的悲哀：对父母亲的热爱和照顾是最正常的事了，我们做子女的连这点都做不到，还有什么说服力去教育自己的子女，去教育别人？因此，当我回家亲眼目睹了我妻子的做人以后，非常感动。而在她和我看来，这是很正常的事。她说，她是代替我做事。其实，这是她谦虚的话。几十年来，她和我们一起从日常的生活中走过来，她叫“爸爸”要比我都多，她把父亲当作自己的父亲了。而父亲呢，也早已把儿媳当作女儿了。因此，父亲的事就是她的事，她没有理由不去做。后来父亲走了，她真正感到悲痛和寂寞。现在，她不敢回家，她说太冷清了，她害怕这冷清，她说不敢一个人回家。

唉，父亲走了，把我们的心也带走了。

一张地契交易书

那年八月十五月圆夜，父亲病重住院。他郑重地交给我几个物件，都属于他的心爱之物。一件是一张图案为帆船的淡红色一百元人民币。此币是中华人民共和国成立后中国人民银行发行的第一套人民币中的百元面值纸币。父亲珍藏此币的目的很明确——热爱祖国，这张纸币具有代表祖国这艘巨轮扬帆起航、百业待兴的收藏价值。另一件是一块四方形红木托盘。父亲的书桌上摆放着它，它里面又置着象征岁月留痕的文房四宝、精致小屏风、领袖小雕像、领袖语录本、精致的台历、台钟、笔筒、日记等等。还有一件是八音盒，是他到北京游玩故宫时购买的。最后一件是由宣纸书写的地契交易书，纸张已经发黄，纸边呈破损状。

父亲患重病，此时已经不能说话。拿着这四个物件，我看到父亲的眼睛里闪着光。我知道父亲交给我这些物件的含意。我知道父亲的爱好，知道其中三件（纸币、托盘、八音盒）的历史故事。纸币是父亲思想品格的象征，父亲于一九四九年后参加革命工作，曾担任县城街道办主任三十多年不贪不占，一身清廉、两袖清风，在居民中口碑很好。一百元钱留着纪念，他是爱国。托盘是父亲几十年辛劳工作的见证，浓缩着那个充满希望的时代。那个八音盒算最不值钱的东西，但那是父亲专门买来送给我妻子的。妻子为照料重病的父亲耗费了心血，日日夜夜地服侍尽孝道。

最出乎我意料的是那张发黄的地契交易书。父亲藏得很严实，我从未见到过。这张有点残损的纸，记录着我家在中华人民共和国成立初期从邻居手中购买宅基地的事实。父亲说我家在旧社会一穷二白极其贫困，一九四九年后才翻身砌起了可以栖身的房屋。这张发黄的纸就是我家翻身的见证啊。父亲家贫，只能购得“壹分贰厘肆毫柒丝”且用于营业居住的宅基地，可见房屋地基之小。从这张泛黄的纸上透露出历史的真相，父亲珍藏着这张纸，意义非凡。我小心地将其用宣纸复裱后夹在画夹里，将之视为传家之宝。

附那张泛黄的纸上的文字：

地契交易书

立绝卖镇基文契，朱守瑜为因正用，故将祖遗坐落散号杨家沙朱号圩内汇龙镇河东老街北边镇基地，亩壹分贰厘肆毫柒丝，计底面粮地念玖步玖分叁厘整。其地原系出租与朱道南造房营业居住，兹因急需应用即将该地得价绝卖与朱道南为业，凭中议得时值价额每拾步法币伍仟元，共计法币壹万肆仟玖佰陆拾伍元整，其币契下如数收讫。自卖之后任凭输税收由过户办，粮管业决无上下房来阻论，并无重张交叠，永无贴赎枝节等。情如有此等，即是得价人正值与得业人无涉。此系两相允洽各无反悔，恐后无凭，立此绝卖镇基文契，永远为照。

…………

坐落其亩原户摺粮户名朱明礼，户下完粮，虽你绝卖，现因未能分拆，各执另立推亩粟为证，后由出卖人负责向推收所分亩过户分立新户摺归得业人管业完粮拼照。

中华民国叁拾叁年国历十一月日立绝卖镇基文契。

见卖：朱明礼（父）、朱守瑜

经中：黄达生、张才元、沈增祥、朱安琪、朱君儒、朱景耀、朱渭渔

执笔：朱应槐

立此绝卖镇基文契，大吉为照。

母亲胸襟里有盏灯

母爱是人间最伟大最珍贵最纯洁的爱，是一种眷顾你灵魂、穿透你骨髓的不泯的爱。忆起母亲翘首盼儿，灯下为儿织衣，灶下为儿煮粥，用灼热的双手为儿捧起一碗热茶，抚平儿顽玩偶伤的肌肤，为儿吹去飞入眼睛的灰尘……我泪眼蒙胧。

母亲的真情是在我还包裹于娘胎中时就已汩汩注给我。世事艰难，物质匮乏，蓝天下铺复着贫穷和苦难。母亲遮体的衣衫补丁扣补丁。补丁缀叠的体温烘暖了我的灵魂。母亲半饥半饱的肚腹顽强地呵护我的诞生。如果我此时有话，一定会哭喊着呼唤：母亲，赶快放弃那艰难的孕育，因为我来得不是时候呀！天道悲凉，细雨晚落。星星点点的灯烛撑住贫穷大地上灰色旧宅的轮廓，任我清亮的啼哭融进灰暗天幕独唱一支小夜曲。母亲撕破了缀叠补丁的衣衫将我包裹在一片温馨里……鸡鸣起床，日落将息，母亲抱着我沿街设摊，身边还站着三个小女孩，她们像三朵小花系在母亲蓝色的衣襟上。不知从哪天起，我睁开眼睛就看见母亲忧愁的脸和姐姐们噘起的小嘴巴，她们的泪水落在我的额上、头发上。我一直迷迷糊糊地做无穷无尽的梦。据说从桃花盛开的日子到石榴花红，我一直匍匐在伤寒病魔的脚下，在生死线上睡觉。母亲天天以泪洗面，抱紧我四处求医。多慈祥多可怜的母亲呀，她宁愿搁置全家生计于不顾而陪我卧床，痱子像厚厚的云呀铺在母亲的胸脯上、肚腹上。郎中隔天来按摩我一次，母亲焐着我在生死线上挣扎煎熬……奇迹出现了，我睁开了小眼睛，看懂了姐姐们在朝阳里梳头唱歌。我那可怜的母亲呀，却已焐得不成人样了，身子虚浮，双脚落地时东倒西歪，恰如河边的一棵弱柳。母亲是河边的金柳呀，曾在大慈大悲观世音菩萨佛手轻扬的净瓶中施露于我。

我的童年系在母亲的井台边。我家旧屋一面临街，屋后有一块长长的园子，扎了一道竹篱墙，凿有一口土井。井旁栽的几株向日葵与竹篱上爬满的丝瓜花相映成趣。晚霞里，母亲蹲在土井旁搓衣洗裤。鲜艳的衣服是姐姐们穿的，我穿由母亲改制的花衣服。我穿花衣服的样子很滑稽，常常引来姐姐们的笑声。但我觉得站在姐姐们中间很协调。母亲在土井旁一边洗衣一边讲故事，讲孟姜女与范喜梁、岳母刺字。夜晚，是园子里最美的时候。星光下，我们在场地上玩，聆听飞驻在丝瓜花上的蝈蝈幽深地鸣叫。母亲从昏黄的灯影里闪出来，对玩得正疯的我们喊一声："天凉呀，穿衣服呀！"接着母亲总是先过来揪我的小耳朵，轻轻一攥，微笑着威胁说："回不回屋去？我要拧了呀！"夜里露水浓，母亲怕我着凉。在母亲眼里，我永远是块水做的豆腐。母亲看我噘起小嘴要犟，先将我拉进屋，然后笑着从抽屉里拿出几本《水浒传》连环画塞给我。母亲真的兑现了白天的诺言，替我买了小人书！母亲的钱是一个铜板掰成两爿使用的。我根本不懂生活的艰辛，看见小人书就入了迷，陪母亲在昏暗的油灯下度过美丽又恬静的黄昏。

为了一家人的生计，母亲像男子汉那样地干活。白天设摊做小贩，早晨和傍晚去郊外的租脚田劳作。租脚田前有一条很深的小河，河面上搁一块窄木板作桥，人一踏上去会发出吱扭吱扭的颤音。我牵挂母亲，一个人走到小河边，看见母亲蹲在玉米田里拔草。我一边呼唤着"妈妈"，一边颤抖着身子踏上窄木桥。一弹一弹，窄木桥拍打着水面发出怪叫，水波皱成怪影向我扑来。我一脚踩空，栽入水中……母亲闻声赶来，用她坚强的手紧紧抓住了我冒出水面的头发，救了我。

三年特殊困难时期，城里的日子很苦。母亲几乎变卖了所有值钱的家什和一间屋子，支撑着衣食困难的家。母亲把她碗里的粥分到我们碗里，嘴里说着："多吃点，别饿坏了，妈妈已经吃饱了，噢！"我虽年幼，也已读懂了母亲额上新添的皱纹。母亲美丽的容颜开始飘荡出早衰的阴影。面对贫困，母亲总是这样说："生活就像做戏，开头的故事都是很艰难的，到后来总会变好的。"母亲说这句话时眼眶里噙满泪水。平时，母亲相信人有灵魂之说。一次，我顽玩时从垒得很高的稻草垛上摔下来昏死过去。母亲同隔壁王大娘为我叫魂。夜已深了，母亲一遍一遍凄凉地呼唤我，叫得东邻西舍一夜难入睡，人人心惊肉跳。王大娘说，如果叫不回我的魂，母亲也难活下去了。

在母亲的呵护下我长大成人，可母亲已衰老了许多，走路很慢，心血管疾病开始折磨她了。我上初中那年，上山下乡热潮涌进家门，年迈的母亲含着热泪送小姐姐踏上征程。母亲突然望望我仍显单薄的身子骨说："妈妈会陪你一同住到乡下去的，我们全家人开荒种地，日子会比城里的好。"我苦笑着安慰母亲："我是男子汉，除了种田，我还学捕鱼什么的，能养活全家人！"母亲连连点头，眼泪在眼眶里打转。不知什么时候，当我放学回家，看见房檐下挂着一根绿油油的大毛竹，就问母亲，要它做啥。母亲微笑着说："这根新毛竹很结实，可以做捕鱼的网竿……"几天后，母亲又蹲着站不稳的身子，用小铁铲在屋后小园子里开垦出一小块菜地，种上茄子和西红柿苗。我已懂得母亲的心思，不再问她，帮助母亲一起种菜。每当母亲颤巍巍的手浇绿一片叶子时，我的眼眶就会湿润起来。

我参军后，那根青毛竹一直挂在老屋檐下，园中菜畦亦渐荒芜。唯有我的一羽信鸽仍由母亲饲养着。每当信鸽翱翔蓝天时，母亲就吹着一只鸽哨坐在屋后的暖阳里瞻望美丽的天空。母亲嘴里吹出的哨声愈嘹亮动听，空中之鸽就会愈飞愈高，直钻云霄。那年我参军的驻地河南省发大水，淹死许多人。母亲闻信发了呆，鸽子也不放飞了，天天围着鸽笼转圈圈，对着那羽信鸽抹眼泪。母亲一定担心我飞向无穷无际的天空飞不回来了。当我安然返家时，母亲像小孩似的破涕为笑，急忙放飞那羽信鸽。

十多年时光之水洗尽了清贫宁静的日子。母亲真的老了，衰老与疾病摧残着她的躯体，慢慢地，如西去的夕阳，余光无多了。我一次次地推着母亲上街，让她再看看美轮美奂的新兴街市。阳光穿过高楼大厦映晒在母亲衰弱的脸上，刺得母亲抬不起头来。母亲低垂着头，心静如水，频频用眼睛的余光催我回去。我终于忍不住了，任凭热泪滚落在母亲的白发上、衣衫上，无力地推动轮椅，背对夕阳，送母亲回去……

想起母亲的许多故事，我总想抱头痛哭。母亲逝去时正逢百花盛开，阳光里都弥漫着鲜花的香气。母亲啊，哪怕是梦中蝴蝶，也要告诉我一声，知晓您尚在人间。

白鸽与小花猫

“男儿有泪不轻弹！”

那是个很平凡的早晨，我对着弱冠之年的儿子那副可怜兮兮的脸庞，对着他那溢满童真噙满泪水的眼里快要滴落青草地的那行清泪，我粗鲁地、不屑一顾地断喝一声。

“喵呜、喵呜……”

轻柔的略带凄惶悲凉的猫叫在我男子汉的威武断喝里显得软弱无助。儿子一只手托住小猫的腰肢，一只手轻轻梳理小猫的背毛，侧身侧脸望着我，泪水在眼眶里打圈圈。儿子不敢正面同我对语，因为他正实行着自己昨晚讲妥了的诺言：由他亲手送走小花猫。在清早薄薄的晨曦里，我们父子早早步出小镇，来到近郊这片清新而陌生的田野里放猫。为了小花猫，平静的家庭生活骤起风波。脖颈镶嵌了一圈如花环般的彩毛的美丽小花猫，近几天来走向了与我的家庭生活决裂的末路。

我的苦读苦写带着生活的自我压迫让我逐渐走出了一条苦尽甘来的文学之路。令芸芸众生怡怡然的黄昏不属于我，撩拨人性的花前月下离我甚远；黑漆漆四周入静，唯我室灯独睁亮眼。我不喜欢小花猫故作献媚的亲近，听不惯它那高傲的喵呜声，讨厌它那偶尔捕得一小鼠而鼓噪狂奔乱风骚。总之小花猫与我格格不入，它几次三番打乱了我的思绪，搞糟了我的一星冥思、一束哲理的火花，在我文思不畅的拙作里埋伏着它可恶的爪印。深夜苦读书，晨眠不觉晓。金黄的太阳将要升起之时正是我香鼾猛鼓之际。薄薄的晨曦如处女初恋般轻吻东临小窗，安慰我一夜劳累，清凉如薄荷油洒满我温暖的床头。“喵呜、喵呜……”小花猫这几天突然彻头彻尾地疯狂起来，隔着东临小窗又叫又用爪子刨，轰雷般摇撼了我的梦。小猫绿里透黄的眼珠子冷酷地盯着我翻身打哈欠。我挥动无力的手臂又敲又戳窗玻璃，它才骄蛮地落地逃遁，须臾，在不远处的天井里甜蜜地再叫几声。它似乎很满足，它似乎喜欢我永久性地向黑夜挑战而灯亮到天明却无倦色。

春雨绵绵文人相思，携着月亮婆婆的手向我走来的小说女主人公情意深深，举手投足间一片摄魂落魄情韵渺渺不可言传。叮咚叮咚叮咚……两室衔接处有瓦漏雨。看着屋内欢快跳动的水滴，爱妻噘起嘴巴边拿盆接漏下的雨水边埋怨：“男子汉大丈夫不会上房筑瓦堵漏，拿个盆接个水图个地上干净总可以吧？家中大小事你都不管，我看我干脆搬到学校单身宿舍去住算了，也回你个清静……”

小花猫翘起花尾巴扭捏着轻蹭爱妻的裤脚。我真恨不得踢它一脚：你个小精灵也懂拍马屁？这几个深夜里你去邀公猫在瓦片上跳迪斯科疯野够了，害得我男子汉在女人面前抬不起头来！

“爸爸，小花猫很勇敢，你看它跳过几幢民房屋顶追赶那对上海外婆家送来的鸽子。爸爸，鸽子与小花猫是天敌吗？一个在天上，一个在地上，谁碍谁了？”

谁碍谁了？儿子问得好。我埋头写作《半个月亮爬上来》甚或《翔》，我做我的文学梦，梦见我的纯情在一片真实的田野上迅跑。我碍谁了？

前几天，老母亲跌跌撞撞地周旋在猫与鸽子的争斗中。说真的，那对雪白的信鸽属沪种海货，高高隆起的鼻翼和满眼睑撒落麦粒般的神采，对初饲家鸽的人来说也实在很漂亮了。因为是上海我岳父家远道送来的缘故，更因为我十分珍爱的缘故，老母亲也突然地对其十分珍爱了。哪怕我父亲在低矮的后屋里不断嘀咕，她仍顽强地表露出她宁愿同意我抛弃可爱的会捉小老鼠的猫而保护住这对白鸽的提议。母亲的心总是向着儿子的。

可爱的白鸽不安心于翱翔蓝天，在极短的摩登恋爱后便安居屋脊的小巢繁衍后代。雄赳赳气昂昂的雄鸽居然做起温柔勤奋的家庭主妇来，又孵蛋又觅食，里里外外一把手。老母亲竟也忙得脚不沾地，整天围着鸽窝转，添水送食什么的。事情总是那只可恶的猫惹起的，它竟然从白鸽孵化后代起整天像游击队员似的埋伏在房屋的阴影里，睁着那对灼人的猫眼盯住白鸽。老母亲说她看出猫是家猫挺善良挺通人性，决不会捉白鸽。哪知话音未落，嗖的一声那猫弓起腰背已作箭状射向那白鸽。白鸽扑棱着翅膀从小窝飞起，但仍不放心未孵化的后代，启翅飞翔后又翩然降落在丈把远的屋脊上咕咕低吟。猫鸽争斗已呈凶险状，老母亲颤巍巍地举起长竹竿在空中虚晃，竿头一会儿划向猫，一会儿又划向白鸽。

“妈，你看这猫太可恶，干脆赶走它、扔掉它。”我突然看到母亲脸上的惊惶之色和老眼里隐隐泛动的泪光。母亲用手背急急擦了一下眼睛，未理睬我而仍坚决地挥动手中的长竹竿。我的心里酸酸的。我心酸是因为老母亲说出了一句戳我心肺的话：“那对鸽子做父母了，别伤了他们的后代，那是生命。”

为了母亲这句话，我更坚决地提议处置掉猫。儿子总是一放学就抱起属于他的猫。我几次三番怒喝臭骂叫他别多亲近猫，例举某某报刊宣传提醒人们猫有种种疾病传染给人体的科学依据吓唬他，儿子仍偷偷背着我不舍不却地玩猫。调皮的小花猫一会儿在他手心里翻肚子，一会儿在他头颈上竖蜻蜓，常常惹得二老笑声不断。稍一不留神，那猫神乎地在光天化日之下捕得两只小灰鼠，咬一只放一只，再捉住一只放嘴里那一只，演活了几出妙诸葛七擒七纵孟获的好戏。

那对白鸽在母亲的照料下比常规十八天多了一天终于孵出了小鸽。母亲欣喜之余不免叹息：两只鸽蛋仅孵化一羽，另一羽胎死壳中。为阻挡小花猫的袭击，母亲把屋脊上的鸽窝小心地挪至后屋，如今那幸存的一羽小鸽儿成掌上明珠。儿子总不免偷偷去看那未睁眼的小鸽，常招至老母呵斥。

也许是那猫的骚扰和威胁，也许是老母亲的过于溺爱或儿子好奇的抚弄，那对白鸽父母失去心理平衡而变得多疑多动而毫无规律性。它俩轮番用温暖的羽毛和肚腹烘养小鸽，也不断地用脚踏小鸽的嫩翅和细脚，数日后儿子惊奇地呼喊起来："小鸽的腿瘸了！"

从儿子呼喊时起，那对清高的父母鸽竟再也不肯入窝了，不仅遗弃小鸽拒绝喂养，还时不时飞到窝头狠啄小鸽的头和翅膀。是哀其不幸、怒其不争呢，还是生物优胜劣汰的天性使然？我不禁忿忿然：那对洁白的鸽子优良在什么地方呢？

老母亲挺肃然地担起了人工喂养小鸽的重任，这使我内心充满了对伟大母爱的敬意。老母亲干瘦的手指变得纤细而灵巧，熟练地用豆汁和碎米喂食，一缕极细的乳白水线从掌心小勺里流出来，准确地灌入小鸽之口。我更惊叹母亲的医道：她开始为瘸腿的小鸽做整形手术，架在鼻梁上的老花眼镜几乎贴上小鸽的绒毛了。轻轻地剪，悠悠地撕，精心地缝，小心翼翼地抹上野生三七碧绿的碎叶子。父亲坐在温暖的阳光下眯着眼睛静静地观看，口里时不时冒出一两句"当心点"之类的话来。我看到母亲有很多皱纹的老脸上泛起红晕，在暖阳的抚慰下慈祥极了。我的心与父母一样，甚是关心小鸽的命运：是断腿难续，还是可以展翅蓝天？

母亲的心血没有白费，小鸽在愉快地生活，极快地长羽毛长伤腿，扑棱着翅膀几欲高飞了！可恶的小花猫老毛病又犯了，趁母亲转身上街的机会又偷袭了那只柔弱的小鸽。它撕破了包裹伤口的纱布，还咬伤了小鸽的另外一条好腿。我再也忍不了猫的残忍，在天井的场地上用碎砖砌起一个板凳高的囚笼，上面用一只废弃的旧铁锅盖顶，把小花猫关入黑沉沉土牢之中，任凭其呜咽，任凭其在黑暗里歇斯底里。

"你们到郊外放了它吧！"

从未正面参与处置猫的问题的老父亲，突然从明媚的阳光里送来大赦令。听母亲说过她曾为我讲过的几种处置猫的残忍手段而悲伤得几天几夜默然无语。我承认我口头上凶些，但手硬不起来，而且我从不想在我的手里结束家人对小花猫的那段感情。我尊重父亲，热爱母亲，就像面对太阳和月亮，面对高山和大海。

“早该这样了！”冷不丁妻从后门走进来，她的脸上永远一片宁静。

…………

青草地草青青。蕴藉暖气的朝阳晒干了草上的露珠。儿子终于松开了抚猫的小手，小嘴巴鼓鼓的可挂东西。小花猫失却了往日的骄傲，背脊陷下去，伸长干净的前腿试探着向草丛钻去，嘴里发出悲伤的哼哼。它不再回眸看我们一眼。也许它会以自己天生的聪明去赢得陌生人的青睐而复成他人家中娇客，也许它会误入歧途而惨遭不幸，也许它自强不息打入野猫群沦为乞丐……我茫茫然拉起儿子的手，思绪飘得很远很远。我忽然想起了老母亲青春复返的红脸，想起她颤抖的手举起长竹竿东摇西晃照料同样是小生灵的猫和鸽，想起她细细医治小鸽的情景……

“快，去把它抱回来！”

我的呼喊像一声惊天动地的发令枪声，儿子好像早已准备好的运动员拔地而去。待他呼唤回小花猫时身上沾满泥土和露水，最后“哇”的一声痛哭起来。

我深深地追悔我的软弱和怜悯，我想我又要走回头路过闹闹嚷嚷的日子了。当我抬头仰望蓝天，忽然发现了我家的那几羽白鸽，悠扬的鸽哨吹得我心扉痒痒地舒服。我看到了那羽小白鸽，它的小红脚上还系着我母亲的红丝线呢，它在我头上亲昵地盘旋。儿子手里的小花猫也冲着小白鸽直叫唤，声音甜甜的。

我和儿子带回小花猫，老父老母出乎意料地惊喜，老脸上都红扑扑的，我被家人的亲情烘得心中暖洋洋的，充满了快乐。

老作家二三事

三十年前，启东文化局组织了一次文学青年写作培训班。在老旧的文化局二楼的会议室，二十多位文学青年围坐在长条桌周围，面对一杯清茶，也面对两位从江苏省作协远道而来的作家老师，其中一位就是面善的龚德老师。我也有幸成为培训班一员，就坐在龚德老师对面。我非常喜欢读书也喜欢写作，作为三十岁刚出头的小青年，在文学创作上却是属于那种初出茅庐、夸夸其谈又涉世不深的愣头青。龚德老师不认识我，但他一口纯正的沙地家乡话却将我们之间的距离拉得很近。龚老师说："从今天起我们就是文友，我会记住你们中的一些人，但记不住所有的人。让我记住的人，一定是用一辈子的心血倾注在文学创作上并取得成绩的人。文学创作是一件湿布衫，让你穿上了脱不掉的衣服，许多你们青年人体会不到的辛苦，许多打磨人的写作以外的东西，将会使你们感到困惑、感到痛苦、感到不适应而让你们打退堂鼓。因此，能够最后坚持下来的是少数，我会记住能够坚持下来的人……"

一晃三十年过去了，龚老师在文学创作上著作等身，大脚系列长篇小说获得江苏省"五个一工程"奖，堪称沙地文学作家的楷模。其间我只见到过龚老师两次，一次是在二〇〇九年五月启东市委宣传部主办的沙地文学研讨会上，一次是在二〇一一年五月启东市委宣传部主办的第四届启东江海文化节沙地文学《金蝉劫》作品研讨会上。在那次沙地文学研讨会上，龚老师积极发言，他是那么的善谈，对沙地文学的热爱和憧憬的拳拳之心溢于言表。多少年过去了，他虽然已经是个白发苍苍的老者，但畅谈沙地文学的前景，言谈之间仍然意气风发、风采依旧。我没机会发言，但我十分赞同龚老师对沙地文学的界定：沙地文学是江浙沪一带的吴语系的小众地域文化衍生的文学现象，界定为沙地本地人创作的文学作品和外地人写作沙地人故事的文学作品。龚老师还畅谈他考证的沙地文学早期的作品和文人逸事，为研究沙地文学的历史留下了珍贵的资料。在会议休息时，我有机会接近他。我轻轻对他说道："龚老师，你还认识我吧，我们在三十年前的那次……"龚老师打断我的话，很快回答我说："认识你。"龚老师伸出手来拉住我，我感觉到他的手劲不足但抓着不想放手。时光如梦幻，把我们一瞬间拉得如此之近。三十年我们之间没有联系过，但他清晰地记得我！我也清晰地记忆起他曾经说过的那些关于文学写作者成长必须经历的意味深长的话，他的话，是那么的实在又是那么的正确，只有经历过文化浸淫过的善良长者，才能将自己的切身经验告诉你，使你受益终生。

我最后一次见到他是在两年后的我的长篇小说《金蝉劫》作品研讨会上。这次，龚老师在八十二岁高龄又身体不好的情况下从南通赶来参加会议。会议上他不顾年老体衰积极发言，口述《金蝉劫》这部小说的情节、人物、结构、社会影响及其所涉及的沙地启东新民主主义革命的那段历史情景，如数家珍。他甚至同参加会议的其他作家热烈回味小说中主要人物的某个细节，述说某个人物的语言，某某某怎么怎么……他讲着讲着，突然站起来，模仿动作，惟妙惟肖。我认真地倾听着龚老师与那些与会者热烈地回味讨论小说，心里涌动着温暖感激的热流。从未同我交流过《金蝉劫》的龚老师竟然对此小说熟读到忘形的程度，龚老师对沙地文学的热爱已经超出他对小说文本的热爱，这样的热爱是一个善良文学老人对事业的至诚之心、对家乡故土的至诚之心。他的发言感动了我，我作为作者，在后面的感悟性发言时，语咽音唔，热泪盈眶。

这三次与龚老师的见面使我受益匪浅，终生难忘。龚老师对家乡文化建设方面的贡献与眷恋将永远记刻在我的心上，记刻在历史上。

沙地，我的文学故乡

每一个作家都有自己的故乡，故乡不仅是其生命的诞生地，也是其精神生命、文学生命的基础。作家不仅在文学中书写自己的故乡，也在精神上、灵魂上皈依着故乡。如若失去了这个故乡，他就会像浮萍一样，不仅没有了热爱文学的冲动，更会因此而心灵焦灼，失去写作的动力。所以，他必须去追寻这个故乡、这个家园。

我知道我在从事自己喜欢的文学写作的时候，就是一次寻找自己的精神故乡的旅行。

当我的新作《沙地姻缘》出版了，我才从沙地老街的老屋老店里走出来，从老街先辈们的生活里走出来，回到这现代繁华的都市生活中来。

构思写作《沙地姻缘》，就像做了一场隔世的好梦，先辈们的身影在我的梦境里自由走动，如影随形地围着我聊着旧时生活里的故事，诉说着他们平凡的生活里略显精彩的爱情传奇。我想，旧时的沙地先辈们是从江南移民过来的，沙地这块新生的土地吸引着他们的，除了土地原生态生存空间的富有和清新，还有他们对新生活的美好向往。新生的土地上演绎着年轻人的爱情故事是这片土地上最有吸引力的因素之一。生活中的平凡之处在于天天柴米油盐，生活中的特别之处在于儿女婚恋。在那些物质匮乏的贫困岁月里，先辈们追求自由与大爱的精神是照亮生活的温暖太阳，显得特别的明媚和珍贵。

读过《沙地姻缘》的朋友对我说，这本书里的故事很实在、细腻，也很传奇梦幻，许多章节中隐藏着无巧不成书的细节，巧中自有巧，且没有重叠的地方。这位朋友无疑是个资深读者，深悟小说之道。

小说的传奇色彩是小说感染读者的特点之一，而传奇的内涵是用故事里的真实情感来衬托的。如果缺少生活的真实，传奇也就会失去读者的信任，被读者误解为“虚假”。作家追溯描述先辈们旧时生活的情景且达到逼真的程度，必须在先辈们的生活里浸泡过或者曾经被映照过。我想我应该是属于后者。沙地是我的故乡，沙地先辈们遗留下来的风俗俚语文化传承是映照我思想的碑帖，在我的思想里潜移默化、不断发酵。我在故乡的旧时梦景里浸淫着,并被它感染陶醉。先辈们的身影亦幻亦真地萦绕着我、温暖着我，在我的小说文字里生动认真地活泛着、酝酿着、折腾着，慢慢向着真实世界走来，如一团团燃烧着的火，照亮了小说文本，演绎出《沙地姻缘》里的诸多传奇。

张家姆妈说，沙地土话虽很难懂，但很好听，多听听就听得懂了，喏，我唱一支儿歌给你们听，蛮好听格：萤火虫夜夜红，屁股头挂盏红灯笼；公公挑水黑洞洞，婆婆张布挂灯笼；河畔头鲤鱼跳龙门，小倌头长大仔有官做。

（《沙地姻缘》第五章第 69 页）

细娘早早起床，用井水泡上热水洗脸梳了头，换了一身老蓝布衣服，脚穿一双圆口小鞋，踱到客栈门口看老街的风景。老板娘看清爽了细娘清秀身段，笑眯眯地说，姑娘是来这汇龙镇跑亲眷或者看人家（相亲）来了？细娘听懂她的话意，轻松一笑，回答说，跑亲眷。

（《沙地姻缘》第六章第 80 页）

喏喏喏，吾俚都是崇明来的粮户人家的，到这汇龙镇开门立户，好日子还长哩，用勿着客气格。喏，今晚趁着看戏轧闹猛，吾邀请杨老板去吾屋里厢白相相，杨老板要给吾面子哦？

（《沙地姻缘》第七章第 97 页）

朱家大粮户，您宰相肚皮好撑船，这一带都晓得您开垦杨家沙6号圩做了善事，为沙地人造福积德要被后人传颂的，您手指缝里漏出一点点，吾俚外来户就受益许许多……

（《沙地姻缘》第九章第128页）

我知道，小说塑造的人物群像是一种精神烛照下的历史再现，也是一种历史审视，很逼真也很朦胧。历史在一天天离我们远去，而远去的人们的精神世界能否重现，一天天地进入我们的梦境，使我们获得文化的传承。这些，都有待作家和读者在文本的解读中慢慢消化，在潜移默化中领悟。那是小说的命运，更待时日了。

总之，沙地是我永远无法割舍的文学故乡、精神的依托，沙地的人文传承是作家的责任。故乡的文化是一口深井，那里有滋养作家的乳汁，也有反哺生活的甜浆，等待作家们去开采。

静观流水蝌成蛙

写作《九曲河》，改了又改。九曲河是我描写故乡的一条心灵之河。已经出版的几部小说都有她的影子。故乡的近代史是萦绕在我心头的一桩文案，梦想以文学的形式演绎她的存在。

修改《九曲河》的结构，成为此书稿能否成功的关键。此书稿的历史是真实的，故事内容和人物描写也有许多特别的地方，作为现代小说有可读性。初稿的问题是真实的描写与现实的冲突是否能禁得起历史的拷问。调整小说的结构，必须割爱，删除三万多字并逐字逐句修改一些语言和流俗的细节描写，突出小说对旧社会的恨与新社会的爱这一主题。

现实主义是一条文学的大道，也逐渐成为作家的创作走向成熟的自觉选择。敬重文字、敬畏文学、不忘初心、谦虚谨慎，这些都成为作家的人格修养的秘诀。写作取得一点进步时更要保持心灵的纯洁，保持正常的人格，不听“点墨成金”之类的谄媚流言；遇到挫折时，多读多写，不断给稍微庸常的心态充电，增加自信。优秀的作家都有一个伟大之处：关心时代与社会的大问题，以自己的创作劈入现实的坚硬，砸开那些痛苦之源，在富于人性的历史基点上持续写作。相信故乡的历史是一棵结满果实的树，期盼有诚实的人来采摘，分享她的芬芳。

经过精心的修改，终于达到出版的要求，《九曲河》就像她的名字一样，在曲折中流淌前行。如果你阅读她，你就会看到她的风景。

九曲河畔的故乡风景特别的清丽，那是个海鸥翔集的地方：

清晨，嫩嫩的太阳从那片湿润的土地上拔地升起，柔软的细雾如魂牵梦绕般包围着那片老式的房子。静静的、静静的，听得见有江涛拍岸的呜咽声。南风顺畅地随意飘着，细细地把濡湿的空气搅拌后拂洒于嫩青的沙地里，涂抹在老式房子微翘的屋角上。

轻轻推开老街尾巴上那座房子二楼上的那扇陈旧斑驳的楼窗，透过池柳与桃花氤氲的晨曦，隐约看得见南面游动于江水里的白帆。戏逐末浪的海鸥凝聚成一团蚊子，在江面上自由地蠕动翻飞。

老婆婆的白发被突来的晨风吹动，张扬起一面旧时小镇酒肆的旗帜，老屋的风铃声就伴着那面旗帜悬挂在尘封的记忆里……

（《九曲河》前言第 1 页）

时光追溯到一九三二年，汇龙镇的繁华已初成雏形。南面远远的港梢里运输粮棉的木帆船排成长队缓缓驶入小镇九曲河码头。当年秀就是乘坐木帆船被姨娘带到小镇来的。

姨娘家住在汇龙镇东首，离渐次繁华起来的街市仅百米之遥。姨娘夫家姓陶，世代开羊肉店，一杆如酒旗般的木杆上高挂着一串红色的灯笼，日晒雨淋，灯笼上的“陶记……”字体已模糊不清。由于与街市相隔，姨娘家砌成了独门独院的格局，朝北靠大路的是店面，朝南开一排南窗，凭窗而望，可观看到远江上漂动的白帆。

（《九曲河》第一章第 6 页）

《九曲河》也有她在历史长河里悲伤的时刻，二十世纪三十年代末期，侵华日军曾经两次火烧汇龙镇，九曲河浸染着血和泪：

火魔将汇龙镇最繁华的老街烧着了，几家百年老店也同时遭殃，陶斯咏棉布店、瑞丰昶棉布店、北来来南货店、大德隆花粮行、恒孚南货店、大兴昌酱油店、顾同和棉布店、春和堂中药店、沈裕春烟烛店、公兴泰木行、汇中楼茶馆、鼎和斋茶食店和小山洋行都被日本军队野蛮地放火烧毁。

（《九曲河》第二十一章第 181 页）

大火蔓延着烧了三天三夜。汇龙镇成了灰的坟墓，烟的天堂。一百多人被小鬼子杀害后烧了，尸骨全无。三百多间民房商铺被烧毁，一千五百多人无家可归，流落他乡。举目四望，汇龙镇骨架留存在小石桥两边，印嵌在穿街流过的九曲河暗淡无光的河水里。九曲河哀戚地唱着歌，歌声孤寂凄凉。百年老街从此湮没在历史的长河里，古朴儒雅的店铺，临河而筑的手工艺坊，漫空飘舞的蓝印花布，风雨驳凿的油绸灯笼，牵挂木雕楼头的古老风筝都随火而浴，随风飘逝。侵略中国的日本军队是纵火屠镇的恶魔，被汇龙镇人咒骂，被钉死在历史的耻辱柱上，成为千古罪人。

（《九曲河》第二十一章第 182 页）

关于九曲河的传说，仿佛静水东流，细细碎碎地流淌在我的另外几部小说之中：

乌金西坠，九曲河水轻柔地哼唱着晚歌缓缓流淌进北河沿迷蒙凄婉的烟柳丛中。晚归的群鸟簇簇拥拥从涂满晚色的天空撤退，逐渐消逝在远方绿意正浓的竹园、梧桐树丛间。泼泼剌剌，有大鱼在河草窝里觅食，搅得河水微澜，水声澹澹。

（《金蝉劫》第一章第 1 页）

九曲河从南江蜿蜒而来，穿透汇龙镇的环城河后再单独往北而去，一直汇入大运河。这是条吉祥的河。自十九世纪初叶汇龙镇开埠以来，这条河就是汇龙镇的生命之河，维系着小镇的兴衰。

朱鼎魁的祖先就是从江南乘船漂进小镇的。老祖宗带着的金银钱财一半用于在这新生的沙地小镇置地建屋，另一半深藏不露。朱鼎魁老爷对老祖宗的故事深信不疑。

（《金蝉劫》第一章第 2 页）

九曲河水温馨地东流去，太阳暖暖地照耀着河水，照耀着河边的金柳，照耀着东河畔细茸茸的蒿草地，也照耀着秦家高高的屋脊。每年，秦九台回来过几天又逛出去了，汇龙镇人连他的身影都未看清。一晃十多年过去了，秦家二娘子生的儿子长得比她还高，如田园里的庄稼，蓬蓬勃勃，清清秀秀。

（《青衫泪》第一章第 4 页）

那天，九曲河流淌着桃花水，南江里漂来的一条沙船在九曲河码头停了半天后开航了。谁也没看清楚船老大的面孔，谁也没在意沙船上载着啥物品。那种沙船有宽厚的船舷，船屁股翘得老高老高，船尾的舵也老高老高。九曲河畔的嫩柳遮掩了船屁股上掌舵人的面孔，也遮挡了汇龙镇人淡淡的记忆。秦家的独生子和倪老板的独生女在这天的黄昏失踪了，消逝的很轻盈，很浪漫。

（《青衫泪》第一章第 4 页）

沧桑如梦，日月如梭，沙地的百年老街真的老了。二十世纪初叶某年某个草长莺飞的时节，汇龙镇九曲河两旁一簇簇青草芦苇随风摇动，将茸茸的身姿浸润在河水里，一片满满盈盈的样子。汇龙镇开埠时十八家商铺之一的潘家弄蓝印花染布店内出现了悄悄的变化。商品陈列橱窗里的老旧的蝴蝶牡丹、喜鹊登枝、梅花迎春花式布被细娘传奇蓝印花布取代，橱窗内濡染着那种高雅香艳的气色。

（《沙地姻缘》后记第 206 页）

《九曲河》花费我很多年的心血。当我将书交到白发苍苍的陶秀老婆婆手中时，老婆婆失声痛哭。悲惨的故事让老婆婆痛不欲生。我悄然走到那座历经风雨血火磨难的陶家小楼的后院，站在微风里沉思忆想。暗夜里，一个诗人在歌唱，吟诗的嗓子出奇地颤抖：

你绝对不会相信
桃花开了的时候
那扇旧时的楼窗就开了
在空旷中如一口幽深的老井
我发现我真的不该在这片桃花源里
也发现不该在这里的
还有苍凉遥远的古镇上
那一片空旷的回忆

九曲河牵系着故乡沙地历史的魂，在我的书写中被久久地演绎。凝重的历史压得我心里隐隐灼痛，有一种透不过气来的感觉。对于过去的苦难，小镇上的许多老人宁愿选择忘却。也许这位老婆婆的设想是对的，她是要求我将那段历史撰写成小说，让愿意读它的人去了解这段历史纠葛，去揣摩悲惨的人生。

听范小青文学讲座有感

庚寅虎年的农历六月十九日是观世音菩萨出家日。启东汇龙镇念佛堂信众有点铺天盖地，佛事所需的香烛纸箔的小贩摊子也从念佛堂、中天塔一路铺排到汇龙镇人民东路市建路口，在小小汇龙镇东市梢，佛光普照。两天后，我们启东作家协会会员乘坐的几辆小轿车从那经过，沸腾的佛事仍在继续。

熙阳普照。车轮驶过时我们惊问今天是啥好日子。当得知是佛家道场法会弘法时，心头又增添了一份敬奉之意。

我们今天是去一个叫作“盈康农庄”的地方，启东作家创作基地将在这家旅游度假村安营扎寨。作家，顾名思义是有家的，但其实极大部分的作家都是散兵游勇，白天不见踪迹，夜阑人静时单兵出击，躲藏在黑夜里的某个角落，孤灯一盏，苦熬笔耕，像个无家可依的孩子。今天，阳光明媚，照彻了世界，也照到了启东作家及文学写作爱好者的身子上了，通体暖洋洋、热乎乎的（柏油马路热度有 45 摄氏度以上）。我们是代表启东作家及文学爱好者去看我们自己的新家。日出寅阳，我们的新家筑在黄海滩头太阳光最早照耀的地方。

九时十八分，揭牌仪式开始。江苏省作家协会主席、著名作家范小青与启东市委宣传部长倪国冲携手揭下了红盖头。太阳光照着鲜艳夺目的“启东作家创作基地”的牌子，也照着我们欢欣鼓舞的脸。我们的脸上流着热汗，我们的脸上笑逐颜开。远处，发电的风车在努力地旋转着，黄海的潮汐之浪欢快地拍打着海堤，熙阳里传播着温馨的海风，徐徐地灌注在寅阳这片日出之乡的潮润的土地上，空气里都是清新儒雅的乡土之味。成熟的果实在熙阳清风里甜滋滋地笑着，憩着，做着无边无际的香喷喷的梦。近处，盈康农庄里的河池碧波荡漾，静静的芦苇荡里包裹着白头鹅等水鸟依苇而息的影子。睡莲伸展着田田的叶轮，在金阳里孕育着它们粉红色的花萼，期待着新一轮的花容月貌，惊艳人间。掌声从我们的掌心、指间日光雷电般地倾泻而出，那是无数语言汇成的赞歌，在我们的手掌上传播、震荡。我们只觉满心欢喜，只顾拍手称快。热情洋溢的揭幕揭牌仪式在金阳里荡漾着，犹如长虹飞升晴空，飞扬入海。美好的时光驻于我们心间。

家已安顿好了，且环境优美，临江傍海，驻扎其间，可浸润江海之天然阳光雨露，可感受农庄河光水色构成之江南胜意，春花秋月、夏荷冬芦尽入眼扉。作家枕于幻想，凝眸笔端。设想着新的长篇小说开头的句子，是否将在这里起笔；小说里那个使人魂牵梦萦的人物心结是否就在这里轻轻打开；还有那小说里的感人细节，是否像这里那只驻于田田荷叶上的红蜻蜓，细细诉说，缓缓待翔啊。呵，可否携起海风的一褶，陪伴我的思绪一起飞翔，去寻找我梦中那片浓浓的黑森林和森林里安居的小木屋，去寻找那片碧绿的草地和草地上奔跑着的小精灵……梦想照进现实，脚踏在这片清新的土地上，我们有了自己的家的感觉了。

省作协主席范小青，这位有着苏州、南通双重故乡的著名女作家，为了这次揭牌仪式，亲自从南京赶来，可谓风尘仆仆，可谓兰质蕙心。她说她是第一次踏上启东这块土地。她对启东应该是陌生的，但对启东人是熟悉的。她虽出生在江南、生活在江南，但她的祖籍是南通人。她说启东人聪明能干，在文学创作中也成绩斐然，出了一批作家，还创办了一本杂志，在当今纸质文学刊物发行阅读较之新媒体低迷的环境下，这是个奇迹。她是抱着对启东文学创作获得更大进步的热望赶赴启东来的。她想一睹启东这块新生的充满了创意的土地的风采。而作为启东的作家及文学爱好者则想一睹她的容颜。我，作为一个很喜欢她的小说的老“粉丝”，有了亲近的机会，甚为窃喜。范小青的小说平实中蕴含真情，细腻中饱蘸哲思，每每从生活的一点一滴中透悟出人情冷暖厚薄，参悟出做人的艰难、命运的坎坷、世情世相的本真。读她的小说，要静下心来，细细揣摩，心里似有一条款款流淌的小河，鱼翔浅底，碧波揉心。她的小说与上海女作家王安忆的小说似有风格相似之处，但又各有长处。她的小说描写的大都是底层的小人物，看似波澜不惊的生活世相的描摹，没有惊世骇俗，没有炫耀，没有众生喧哗与噪动，没有浮光掠影的夸张，但如铁锤打钎，句句打在钎竿上，发出好听的铿锵之音。我就是在静静倾听了这好听的声音以后对她的小说产生了喜爱，有了"粉丝"的感觉。近年来，她的小说愈来愈受到世人的肯定、欣赏与追捧，连连获奖，这证明了我的感觉是正确的。好的小说，是经得起时间的磨砺的，从默默无闻到交口称赞。在江南苏州她的第二故乡，她是自陆文夫以后苏州文坛的领军人物。如今，范小青真真实实地就站在我的面前，有种故知相逢的亲切感。她同她的小说一样，平易近人，又透出一种含蓄高雅的气质。

上午揭牌仪式，下午讲座。

范小青的讲座《当下的文学与创作》精彩纷呈。她的讲座很细很实，每每触及真实世相，将体察到的最底层人群的生活艰辛，对农民工现象的剖析，以及她内心的乡土情结等等，娓娓道来，饱蘸情感又充满哲思。她的关于小说创作的辅导是她的写作实践的经验之谈，从写小说的立意构思到谋篇布局，均从她已经写作过的小说中举例，从小说的细节描写中深入浅出，仿佛有一只无形的手挽着我们在创作的河流中潜游，在文学的碧波中荡漾。在与我们的互动对话中，她的解答是实在的技术的睿智的，没有浮夸没有官腔没有俗套。

举例一：业余爱好者能否写长篇小说?

她说，她是从写短篇小说起家的，最后才写长篇。写长篇小说在谋篇布局上非常吃力但又非常重要。搭长篇小说的框架是最难的活儿，框架搭不好，最终会垮塌掉。写长篇小说，从开始到收尾，总会出现移位，因为起初的写作设想会在实际的写作过程中发生演变，写作过程就是不断地设想又不断地推翻的过程。这种设想与推翻反复交替的写作是很难受的，是很艰难熬人的，可一旦写好了，又觉得很幸福很享受很美好的。长篇小说是磨出来的。有的作家说他写得非常快，高产，那是极少数的。而且有的是雇佣枪手写的。一般好小说都要磨砺，三年五载都是很正常的写作周期。因此，她建议业余爱好者最好从写短篇小说开始。

她说的是大实话。写长篇小说不是天天放卫星，没有高产的浮夸风。长篇小说是世情的描摹，要贴近社会现实，要写出人物的家庭的甚至社会的国家的命运，它所承载的社会情绪、世俗百态、人生哲理是厚重的沧海桑田式的，在人生哲理、智性方面有太重的分量，所以它是厚重的文学载体，马虎不得。我十分赞同她的观点，因为我正是走了她所说的那一条路。从写短篇入手，向中长篇攀登，最后享受写长篇的磨难与快乐。写好长篇小说，你的写作技艺会大有长进，但要做好思想准备：在漫长的熬人的写作过程中，你的思想被洗礼、精神被洗礼，并活活剥脱你漂亮肌肤的一层皮。

举例二：你对当下城乡差别的看法和解决的办法？

她说，这是一个很难回答的问题。作为文学工作者，应该关注这道难题。我国是农业国，在向工业化、现代化转变的过程中必然会出现城乡差别。许多农村青年走向城市，追求城市人的生活，形成了农民工群体。而他们的生存是艰难的，将面临城市户口、孩子上学等困难。我们要关注这个处于社会底层的群体，关注并反映他们的生活，这是文学工作者关注的领域。我们要通过文学的形式来描写农民工的生活，反映这个时代。农民工为城市建设付出了很多，但他们的生存状况很差，如何关心他们、改善他们的生活是摆在政府面前的大题目。我们要做农民工的朋友，多写反映农民工生活的作品。写农民工生活是个题材，写农村人生活更是个大题材。我们要贴近乡村，贴近基层，多写农村题材的作品。乡土文学是永恒的主题。世界上许多著名作家都是以写乡土文学为一生写作主线的，他们的成名作也大都是乡土文学作品。她说的话是真实的、可信的。她说，我们作为作家文人，无法解决城乡差别、农民工问题，但我们和他们都是兄弟姐妹，都在追求现代化的美好生活。我们要倾听他们的心声，写出他们想看的故事，让他们在文化艺术中共同享受快乐……范小青的话很真诚，她是有乡土情结的作家，在她的许多作品中都贯穿着浓浓乡情。她的《赤脚医生万泉和》就是一本流淌着乡村血脉的书。

夏日炎炎，范小青的讲座如一汪清泉，滋润着我们，使我们觉得通体清爽，如沐甘霖。我回首凝望参加讲座的听众，熟悉的陌生的年长的年轻的，一张张笑脸如花朵般开放在课桌旁。沙地文学的种子仿佛蒲公英的飞絮在快乐地飞翔，将要飘向它热望的地方……

今天是个好日子。

最是橙黄橘绿时

沙地汇龙镇老街新开了一家星巴克，吸引着老街的人常去坐坐。坐在星巴克的椅子上，喝着咖啡，剥着橘子读书，翻看着《沈从文小说菁华》，首篇是那篇成名作《边城》。沈从文在题记中写道："这本书不为他们而写。"沈从文说的"他们"是指谁呢？是指那些稚气又"害怕落伍"的文学爱好者。因为他们把大把的时间用来阅读那些新作品，而这种作品大都是由国内无良理论家、批评家、聪明的出版家、惯于说谎造谣的文坛消息家们共同营造的一种以虚伪的语气吹捧出来的东西，并被这种虚伪的东西控制。我将其理解为如书商搞的书城售书排行榜之类。沈说："我这本书是预备给一些本身已经离开学校，或者始终无从接近学校，还不认识些中国文字，置身于文学理论、文学批评以及说谎造谣所达不到的那种职务上，在那个社会里生活，而且极关心全个民族在空间与时间下所有好处与坏处的人去看。"读到这里，我被沈的说法深深吸引。如今的文学，存在着虚假的虚伪的文化现象，确实有点像沈早年就说过并批评过的那样，已经被市场的那只看不见的手乱了方寸。

我庆幸自己没有被这种现象搞乱了我的读书要旨，我在沙里淘金。沈从文的那篇题记，也许就是他的写作目的——为谁而写。为那些追风族而写的作品注定会被历史淘汰。沈从文写于一九三三年的翠翠和他的湘西边城的故事至今仍吸引着读者，也许会一直流传下去。这就是好书永远的价值与魅力。优秀的文学作品，应该给一个黑夜中孤独的人以精神意义上的还乡,或者让我们感到作为个人的自己与作为社会的存在之间的血肉联系。

从沈从文的题记里，我又悟到了写作的意义。好的小说家更像大地上的野草，落到哪里都能生根发芽，在任何时空里都能有自由的思想。是不是以真实记忆为蓝本的写作对结构的缜密要求相对较弱而更为自在，是不是散文化的写作更强调一种心随情动，境由心生？联想到我最新出版的长篇小说《青衫泪》，至今仍感到负重弥深后的伤痛（因写作造成的身体的伤痛和心灵的伤痛）。这个故事的原型在我心里隐藏发酵了十多年，到如今才呱呱落地。这是一个绵延三十多年的爱情故事，主人公沙地青年秦显达经历了历史风云，被战争的恶魔裹挟着并被逼漂泊海外而离心爱的女人倪九妹愈来愈远。悲欢离合，泪流成河。

一个作家不会仅仅因为他的写作本身获得意义，一个人的写作也不可能天然地完全孤立地获得意义。作家心里清楚，真正要写的是爱情后面的东西。阿根廷作家博尔赫斯在《沙之书》中说过一句话:“如果空间是无限的，我们就处在空间的任何一点。如果时间是无限的，我们就处在时间的任何一点。”又如作家纳博科夫在《优秀读者与优秀作家》中所说 :“任何一部杰出的艺术作品都是幻想，因为它反映的是一个独特个体眼中的世界。”

因了写作《青衫泪》的缘故，脑海里曾经灌满汇龙镇老街老店旧时岁月里的故事，一幅幅生活画面湍湍涌来，令我寝食难安。白天写作，晚上在睡梦里仍被小说主人公纠缠不休。文艺创作，是心灵搏斗后的灵魂的诉说。当艺术的火花爆发时闪射的能量被你吸收再激发时，生活的真相就历历在目，真实的艺术世界就巍巍而立，璨璨生辉。试想，如果没有这种写作的“折腾”，你笔下的作品能禁受得住世俗眼光的扫描挑剔？

荷尽已无擎雨盖，菊残犹有傲霜枝。
一年好景君须记，最是橙黄橘绿时。

生活本身就是一本无穷无尽的书，但到底不过还是历史中的一个点，这可能是我写作《青衫泪》这部小说的要义。假使，让一部平庸的小说面世出炉，成为文字垃圾，这与世人追求的精神食粮相去甚远。但愿岁月静好，犹如荷塘美景。坐在旧日的时光里，读书，读沈从文的《边城》，读不为追风族而写的书，在秋景的陪伴下，手剥一团暖黄的橘，品几瓣凉香的意，让那盈盈的一握泪，从春流到夏，从秋流到冬。吃那“橘”时别太快了，要不时停下来想想：我们是否正在吃历史？

读书留香

读书，就像去观花，去闻一朵花的清香。

风来了，轻轻飘过荷塘，有嫩荷轻摇，细雨洒落在荷叶上，发出沙沙沙的声音，继而腾起一团团轻薄的雾，仿佛要将碧绿的荷叶点燃。哦，点燃的是粉嫩的荷花，她在薄雾中袅袅婷婷，氤氲中轻轻擦亮透明的衣衫，刺破雾的霓虹，闪动妖娆妩媚的身姿，显出淡淡的虹，浅浅的虹，妖娆的虹。待薄雾散去，如出浴的少女，碧池映射出她鲜艳的光彩，莹润夺目，绝世闪亮。

阅读家乡沙地办的一本杂志，扉页上一句格言清新濡目："每一片枝叶上摇曳动情的词语，在轻微的颤动中，我感到时光。"翻开这本杂志，可见青青的沙地故乡和摇曳的花香。读那篇《初夏去看一场荷之盛宴》，果然望见一池美荷在波澜里灼然开放。荷花池远视下的清、静、绿，叶子干净、清白无波澜，花朵虽寥寥，却有着稀世的美。

赞叹荷花的美，文字又延伸到荷花池旁边的广玉兰树。广玉兰树后面的水杉，层层叠叠，透视出荷花之美，透视出花之神韵禅意。禅是一枝花，一花一世界。观花赏荷，从俯视变仰望。

再读桌上本土作家的书，又有新的感悟。读书喝茶，边读边翻书，从后面书页翻起，逆向而读。很奇怪，这种读法很顺手很好读。书中一篇文章中谈到某杂志编辑重读某作家的来稿，突然有了喜欢的感觉并向编辑部极力推荐。被其重新认识的原因是因为这位作家的文章曾被妒忌心重的文友告黑状。真金不怕火炼。编辑因此而发现了这位被“黑”的作家的文章实力强大。世上的事，应了那句佛语，好事好报，坏事坏报，时间淘洗，真金方现。另一篇文章中说到短篇小说作家卡夫卡在逝世前嘱托好友布洛德将其文稿全部焚毁。卡夫卡认为自己写得不好。后来文友没有焚毁他的文稿却将之整理出版，其中有几篇成为存世名篇、小说经典。一个写作者，恰如一朵盛开的百合花，自己永远不知道自己的美丽。读书回望，我们的沙地乡土，清新而纯朴，悠悠荡荡、平平畅畅，日出日落、云起云飞。我们喜爱这个地方，赞美这个地方，用笔描绘着她的美丽。然而，我们这些沙地乡村小镇的业余作家，哪一个是对自己的写作充满自信的？抬头仰望中国文坛，大腕作家如高楼林立，哪里还有我们的安身之处？可是，事实总会顺着时间的淘洗变得简单，今天的高楼并非明天的经典，一朵百合花在属于自己的季节里也会静静开放。我们回望生命的宝贵、花朵蕴含的芬芳，我们的写作仿佛是种植花草，酝酿生命的悸动，播种心灵的芬芳。

一花一世界，一叶一菩提。

那个中秋节诗会的晚上，沙地乡土作家纷纷慕名而来，其中有个身患重病的残疾女作家也来了。女作家很辛苦地用她特别的肢体语言和我们交流，她的表达方式令我们震撼。她很快乐很自信。容貌并不代表生命的美丽，心灵的美丽和爱意的释放就像一朵花，在朗月的清光下诗意地绽放。当一朵花在深秋的土地上绽放时，那种深情、眷念、典藏与回望，多么精彩多么富饶多么绮丽，它还需要那么多的内涵吗？我深深地被这样的回望折服，一花一世界，一叶一菩提，你读懂了吗？

读者面对面

近来我参加了沙地的南阳镇、汇龙镇、市经济技术开发区的读书交流活动，本土作家与家乡的读者进行互动，在阅读与认知方面出现许多意外的惊喜与收获。

惊喜之一：家乡沙地的读者对本土作家的认识从朦胧到崇敬。

作家从现实世界中汲取创作灵感，将自己的理智、情感、意念和审美判断通过形象化的文学语言表现出来，创造出具有潜在审美价值的文本。读者从自身的文化修养和阅读经验出发，通过文学文本的阅读，完成对文本的审美创造，实现文本的审美价值。这一过程始终离不开读者的参与。文本只有在读者的阅读活动中才能实现自身潜在的审美价值，成为具有真实情感和含义的作品；作家的创作受到潜在读者的影响，不得不考虑为谁写作，使文本不断“增值”。我们沙地本土作家创作的文学作品，由于具有本土语言滋养的属性，所以心中渴望的潜在读者首先以家乡读者为主。如果家乡的读者重视本土作家的作品，阅读宣传作品，那么，本土作家的作品就“增值”了。通过作家与家乡读者面对面交流，家乡的读者对本土作家的认识开始清晰起来，他们不但亲眼见到作家，还听到作家对自己作品文本的解读，对本土作家的认识从朦胧到清晰甚至崇敬。记得南阳镇的读者好奇地问作家：“还具备什么条件才能当作家？我们的孩子将来能不能也当作家？”有个读者还把读小学的儿子也带来，并要求作家在作品上签字时写一句鼓励孩子好好读书的话，情真意切，使我们觉得我们的写作“增值”了。

惊喜之二：家乡沙地的读者中潜藏着资深文学爱好者。

阅读有如下几种：一般性阅读、欣赏性阅读、批评性阅读。我们的读者一般性阅读比较多。这些读者都是比较轻松地阅读，娱乐性较强。他们的阅读兴趣主要集中在文本的感性层面，譬如喜欢传奇故事、曲折的情节、浪漫的爱情、奇幻的场景等等。欣赏性阅读层次就要高些。这类读者阅读的是审美价值较高的文本，譬如文学经典，还譬如我们关注的沙地本土作家的文本。在面对面交流中，读者有三种情况：一种是一般普通的读者，阅读的兴趣在浅阅读中；一种是比较关注经典阅读的欣赏性阅读者；还有一种是追求文学梦的资深读者。我们碰到了好几位资深读者，他们都表现出对本土作家及作品的欣赏与学习。他们有的询问长篇小说写作成功的诀窍，有的询问沙地作家作品的特点。沙地作家创作的文学作品形式多样，有小说、散文、诗歌、报告文学（纪实文学）。以书籍为例，较年轻的作家以写散文为主，资历较深的年长作家以写小说为主。这可能与作家的社会经历与阅历等情况有关。当然，我们欣赏和阅读这些作品时，并不应以作家的阅历或者资历为蓝本，而应该以文本的内容为蓝本。好的作品，不管何种文本形式，都会给予读者阅读的愉悦与收获。我们所关注的一定是沙地作家文本的语言、结构、形象、叙述方式等等。我们通过这些有目的的阅读，来积累自己的阅读经验，扩展阅读视野，提高欣赏能力。

惊喜之三：作家与读者互动，打开了本土文学传承与发展的一扇窗。

阅读沙地文学作品，使人产生共鸣的地方很多，譬如在文学欣赏中的审美及对于文学语言的理解，本土作家与读者面对面交流（而不是作家一个人的讲座），为家乡的文学发展与传播打开了一扇窗。

本土作家的文本是作者情感、想象、理智等社会意识层面的凝聚物，作者是借助文学语言的隐喻、借代、转换、象征、反讽、衬托等表现手法来描摹表现自己的思想感情和生命价值体验，使得文本中的人物（尤其家乡人物）的塑造、场景、对话以及景外之景、象外之象的精神意识流充满活力又真实可信，使历史故事成为传奇，又使传奇成为文化、成为历史。

本土作家深入家乡基层与读者交流活动，使这种文化设想得到实现，这是一种文化建设的创新，值得称赞。

《青衫泪》网上谈

启吾东疆（故乡沙地的一个论坛网，深得天南海北的沙地人喜爱）版主你好：《青衫泪》是一本叙述沙地历史故事的小说。写作的历史背景从一九四六年到一九八五年长达三十多年。小说主人公经历了这段历史中最艰难的生活与变故，小说的结构框架就是通过叙述其中人物的命运来重塑这段历史。小说在人物谱中列出了秦显达等三十六位在这段历史中有活动并较具代表性的人物，还有人物谱中未列出的人物（如新四军侦察员的妹妹三妹、茶馆店担水师傅、疯女小芳、战士陈阿宝、教导员柏东方、秦显达的商务秘书阿慧、小店店主阿芬、汇龙镇摆水果摊的光头老爷爷、信佛的张家姆妈等人）。全书人物众多，但每个人都必须有所交代，不能无故而来，也不能无故消失，这就是长篇小说必须做好的艺术处理。如果做不到，小说就显得支离破碎，使读者感到不舒服，因为审美的感觉被打碎了。因此，长篇小说在结构的把握上，在人物的安排上，都应该有内在的逻辑，做到前后呼应，针线密缝，使整个文本呼吸畅通，文笔通顺，如行云流水。

要把长篇小说写好，还有一个重要因素要注意，那就是细节的描写。《青衫泪》中有几个生活细节是我从朋友讲的故事中得来的，也有的是从采访原型人物的讲话中淘选到的。小说主人公秦显达在朝鲜战场上英勇作战，机智勇敢，被美军俘虏后遭遇虐待，后被押送至中国台湾。这段历史经历是真实的，所有的细节都是原型人物讲述的他所亲历的故事，其中包括在战俘营身上被刺字，以及到台湾后将刺字割除等。还有爱国台商张小凤在中华人民共和国成立前逃离汇龙镇城北村时坐在长工阿金的推豆包小车上的细节，也是从朋友偶尔的闲谈中获得。这是支撑这部小说的一个重要的细节（作为写作者，我这样认为），因为如果没有这样一个细节，张小凤的故事就难以说得好。这个推豆包的细节，我从未听说过，因为我从小生活在汇龙镇，对乡村生活还是不太熟悉，推豆包是旧时代乡村中才有的情景，现在在乡村生活的人也许都未接触过，因此都很陌生。

总之，写好长篇小说，除了有写作的文字功夫，还必须有生活经验，有文学艺术的细腻感觉，有宏大叙事的建构能力，更有滴水石穿、耐得住寂寞的写作定力。

这几天太忙，未及时上传小说。《青衫泪》用很多笔墨书写了小说主人公（老兵秦显达）对故乡亲人的思恋，以及他辗转漂泊的故事。围绕故乡的历史进行抒写，是作者乡愁的心灵寄托。

乡愁是什么？笔者的理解是，陌上花开缓缓归，那应该是我们心底最坚硬而又最柔软、最厚重而又最缥缈、最庄严而又最平常的情感。乡愁是其他所有情感的基石和酵母，由此生发出悲悯、仁慈和爱，生发出文学情思和美感。而它的理性结晶，就是良知。

如今乡愁已成为表达我们的生活、情感、精神、文化的流行话语。这让笔者想起曾经阅读的几册有关乡愁内容的图书，书中映照了当下人们的情感和灵魂状态，以及对文化家园、精神故乡的寻找和追求。

今天浏览了一下网络，寻见《青衫泪》新书已经被中国国家图书馆、上海市图书馆、广州图书馆等50多家省市级图书馆收藏，另有北京大学、复旦大学、华东师范大学等大学图书馆收藏；也有的在图书推介中说明，本书适合从事文学方面研究的专业人士阅读等。读了以上信息，很令人鼓舞。有了图书馆的阅读平台，文学的传播交流与日俱增。文学作品得以传播，这对作者是一种安慰与鼓励，因为作者的心血没有白流。读了你的感言，随便聊聊，谢谢版主。

一个难忘的人

沙地老战友聚会，回忆起一段难忘的军旅生涯。

那年(一九七五年)我在某部火箭炮营当兵,担任营部专职新闻报道员。

营部教导员是抗美援朝的老兵。我刚到营部时,读教导员的印章读错,教导员听后脸上笑成一朵花。教导员的故事很多，令人难忘的还是那年河南发大水的事。

因为工作的缘故，我每天奔波在驻地的几个连队之间。

从八月一日起，许昌城的天空太阳亮亮的却慢慢吞吞地下起了雨，且越下越大。在北方难得下雨，干涸的农田与河床安静地盛接着雨水。孵着太阳下大雨在南方是不太引人注意的，雨下一小会儿就飘走了。那天雨淅淅沥沥地下着，雨丝慢慢吞吞地从天空挂下来，很粗很直。慢慢地，原来干涸的黄土地变成浑泥地，水汪汪的一片。我们的营区驻地也一片水势，水泥地被水渐渐淹没了。大雨连续下了三天,那雨就是从天上直挂到地上,直直的，密密的，怪怪的。因为下大雨，整个营区很安静，军人们在营房里待着，也有空闲时刻，战士们静静地看着天空的雨丝想心思。

“雨下三天三夜不停顿，要养鸭子了！”

“营区的水势越来越大，堵了下水道！”

“今天我看见有旱蛙跳到树上叫，跳得老高老高的，难道这豫中大平原也要发大水，嗯？”我听到有个来自南方山区的老兵哼了一句，和我几天来的感觉一样，总觉得天象怪怪的，有大事要发生。

“如果发大水，也轮不到咱河南人，黄河花园口决堤淹死了许多人，那都是老皇历了，那黄河离这里还远着呢，别杞人忧天！”一位河南老兵说。

“我昨天夜里睡觉做噩梦，梦见河南人在逃难，哭爹喊娘的。”有个上海新兵说，“河南人大都是旱鸭子不会水，比不过南方人嘛。”

八月五日下午四时许，营部通信员接到一个从许昌直接打来的电话，电话里的人用很着急的语调通知说：“许昌驻马店漯河一带发大水，请求部队支援！”通信员询问他们是哪里？那边回答：“我们是许昌市抗洪救灾指挥部，请求部队官兵支援，十万分的火急！”那时，我就在旁边，电话里的声音听得很清楚。通信员咂咂嘴说：“还真是奇怪了，好好的大平原要抗洪救灾？”营部教导员闻信走过来，听了这个情况，眉头一皱说：“这应该是真的，一般时候地方上不会直接将电话打到部队上的！”教导员说完，就命令通信员通知各连队指挥员来营部开会，准备组织力量参加抗洪抢险。教导员刚布置完，团部的命令也到了。

我参加了这次战前动员会，教导员只说了两点：立刻组织部队参加抢险，将炊事班的库存粮食全部带走；凡参加抢险的干部战士必须采取自愿报名的形式，尽量组织南方人参加。教导员是山东人，指挥部队非常有经验，他知道南方人会水，但他不知道天灾太重，我们这次出征是九死一生，与会不会水没关系。

我和战友们都争相报名参战，几位南方山区来的老兵脸上挂着沉重。

天还未黑透，我们就出发了。解放牌大卡车一辆接一辆开出营区，冲入雨雾里。半个多小时后，公路上的积水漫上来，慢慢的大卡车的排气管发出扑扑扑的声音。一个小时后，水越来越大，公路被淹了。透过车篷的缝隙，我们看到公路两侧一片汪洋，村庄被淹了，大树被淹了，电线杆被淹了。车灯照耀下，成群的老百姓跑上公路，老的小的，呼儿唤女……大卡车逆向而行，沿途灾民越来越多，我们默默倾听着车篷外的雨声、哭喊声和汽车排气管的呜咽声，心情愈发沉重。从未亲历过这种场面，战友们互相对望着，越来越清楚前路的艰险，谁也没再说一句话。黑暗中，唯听见炊事班长重重地叹息说："少带了一包大米，我真是个白痴！"

我们的车队在大雨中行进了大约两个多小时，大卡车的排气管被雨水淹了，车子走不动了。教导员询问部队开到哪了，最前面的营长传话过来，我们全营准时到达第一目标位河南省郾城县。

再往前，已经没有路了。

郾城县城区地势较高，位于大沙河、里河两条泄水河交界处。大沙河在县城的北面拐个弯向东南方向流去。平时，大沙河里基本没有水，干涸的河床里有可供牛车马车或者小拖拉机通行的小路。大沙河的堤岸筑得很高很宽，离岸两米处浇铸了一头铁牛，铁牛的脖子上雕刻了四个字"固若金汤"。我们看到这条河时，河水离堤坝十几米，堤坝上的大铁牛高高在上地俯瞰着大沙河。我们就在这条堤上和附近的围堰旁边加固沙包，不断增加防洪的高度。城里抗洪抢险指挥部的人来看过，他们说，洪水再大也越不过这大沙河铁牛的脖子，郾城县"固若金汤"。

雨在下着，附近的村民都往城里逃。

经过两天奋战，我们加固围堰近三百米，县城里筹备的草包全部被垒到堰堤上。我们浑身湿透，军装上都是泥巴。大沙河里的水越涨越高，距离铁牛只有几米距离。八月七日傍晚时分，教导员急匆匆召集连队干部开会，传达一条刚刚得到的消息：因为大雨，上游板桥、薄山等几个水库有溃堤的危险，上级已经派工兵去炸堤泄洪，泄洪时间定在明天零时，正在泄洪区的部队择机撤离。

连续几天抢险，所带的粮食也不多了，我们又累又饿，身体累至崩溃的边缘，部队撤退应该是最理智的选择，但连队干部没有一个人说话，只拿眼睛盯着教导员。营长也不说话。

教导员默默地思考了一会儿，说："这次泄洪上游两大水库将下来几亿立方的水量（那时通信已经中断，搞不清泄洪的实际水量），那是天文数字啊，恐怕这里也难免被淹，那条大沙河里的铁牛也要被冲没。想想这些后果！老百姓现在就指望解放军了，有我们冲在洪水的前面挡着，老百姓才不害怕，现在是党和人民最需要我们的时候……"教导员不断重复地说着这样的话。教导员又说，“我们如果要逃跑，还不如不来，逃跑会让我们解放军在河南人民面前抬不起头来！”教导员就是这样说的，多少年过去了，我清楚地记得他说的话。平时，教导员总是笑嘻嘻的，很和蔼可亲，讲话也不多。那天他不停地这样说着，到会的连队干部都默默地听着，没有人插话。时间一分一秒地过去，天渐渐暗下来。大家默默地坐着，没有谁说一句回去的话。

教导员最后说：“大家都去准备吧，先让战士们休息一会，连队干部都到大沙河的堤坝上值班，泄洪时河水会猛涨的。河水猛涨时全营干部战士都到大沙河的堤坝上去垒土包，决不让这大堤崩溃！”

战士们又累又饿，都睡着了。我睡不着，想着刚才开会的情景，心里感到一丝丝的不安。不知道什么时候，我也迷迷糊糊睡着了。我做梦了，梦见旱蛙拼命地叫着，从树上跳到屋顶上，屋顶在摇晃。我惊醒了，呆坐着，从挎包里摸出白天写好的新闻稿子，拿到马灯下看一遍。这稿子写好了，却没法寄出去。

“大洪水下来了！”有人从大沙河那边跑过来高喊着，声音颤抖。我和战士们都从铺上跳起来，拿起铁锨就往大沙河堤坝上冲，全营的官兵都拼命往上冲。百年未遇的特大洪水就在八月八日凌晨（深夜子午时分）暴发了，前方大沙河与里河间的田园顷刻间被大水吞没，除了大沙河这条大堤，一片汪洋。上游洪水排山倒海般倾泻而来，水流急切如刀，发出呼啸声。透过洪水的反光，我看见堤上的铁牛被洪水一点一点地吞没。

“小朱，交给你一个最紧要的任务，从现在起你替我们守着这块堤坝，发现前面溃堤，马上提醒同志们撤退过来！”教导员突然把我从堤上的垒土包队伍中拉出来，拉到一块稍高些的堤上说，“小朱你看，那边的堤面都开裂了，随时会溃塌，你千万千万要替我们守住！”教导员边说边指着前面已经开裂的大堤急吼吼地说着，脸色铁青。我清楚地知道，现在只有拼命地用土包加固拦住已经溢上堤的洪水才有生的希望。此时，我们队伍的后面出现了赶来支援的地方干部和卫校的学生，他们手里拿着肩上扛着各种面粉袋、布袋、衣服裤子等一切可以装土的东西赶来，他们和我们生死系在一起，系在一线之间。我默默地站在教导员指挥我的那块稍高的堤面上紧张地观察着，洪水已经漫过我的鞋子急速往堤面流去，堤面上已经全是洪水了，大堤坝上流溢过的水哗哗地往堤下倾泻，溃堤好像就在后面的某一瞬间，而在我们的身后，两万多的难民也将面临灭顶之灾。我身后突然响起了高音喇叭的声音，喇叭里不断呼喊着：全县城里的乡亲们赶快将所有能装土的衣服等东西送到大堤上去，赶快去……

雨声风声洪水的轰鸣声和大喇叭里的呼喊声混在一起，一瞬间天地之间好像全被这样的声音覆盖了。大堤上已经站满了抢险的人，加固土包也跟着洪水的上涨一寸一寸地往上升，看不清人的脸，只看到许多的手和脚在移动。就在很绝望的时候，突然听到教导员的声音，他说："再努力一把，洪水已经开始退了！"没有人细听教导员的呼喊，许多的手和脚在风雨中舞动，仿佛搅拌机在运动，根本停不下来。就这样，我们奋战了几个小时后，才发现堤上的洪水没有了，堤下的斜坡上一点点露出铁牛的头，洪水龟缩在大沙河河床里疯狂咆哮。

洪水退却了一点点（大沙河上游五公里处的河堤崩塌出一个大缺口，洪水被分流一部分），大堤保住了，郾城县保住了。也许，狂风暴雨与疯狂的洪水摧毁我们的高度就在一寸之间；也许，营教导员为我们下定的决心的厚度也就在这一寸之间。我们胜利了，什么苦啊累啊饿啊都感觉不到。天渐渐亮了，看清楚大沙河的情况了：河水暴涨，河道拐弯处堆拥着无数顺着洪水奔涌而下的杂物，屋梁、橱柜、床桌椅、大树、硕大的麦秸垛、牛马猪羊等，都在洪水里漂浮……

"小朱，你要把这里发生的情况报道出去……"营教导员见到我就说这样的话。我看清了他的神情，眼睛红红的全是血丝。他好像哭过，眼泡红肿，眼圈发黑。两天后，我看到河南省军区抗洪抢险慰问团的几位老人从我们的大堤上走过去，他们的眼睛里全是泪水。两天后，我们去上游五公里堵那溃破的缺口，我看到缺口以下的田野被水流冲刷成一望无际、一片死寂的荒漠。两天后，我进城送新闻广播稿，看到城镇被浸泡发酵的各种粮食占领，灾民们全都光着膀子站着或者蹲着看守着这发霉的粮食，他们的衣服都拿到大沙河堤坝上填土去了。我小心翼翼走过老乡摊晒的粮食，走到县城广播站（也是临时抗洪抢险救灾指挥部），办公室里的人员全都站起来向我敬礼，说：“欢迎解放军，你们辛苦了！”我被震撼了，向他们敬礼后放下稿子就走了，那篇稿子题目叫《郾城人民斗志高，泰山压顶不弯腰》。我走后不久，稿子就在县广播里播送了，编辑加了长长的感谢解放军的编者按。一个月后，这篇稿子被《河南日报》转发，也加了编者按。

后来，我参加军部宣传部召开的抗洪抢险事迹报道汇报会时，宣传部部长对我说：“你的稿子一个多月后被《河南日报》刊登，你知道这是为什么吗？因为人民不会忘记我们！”

在那场大水灾发生四十四周年写这篇回忆文章，我想最要记住的是教导员在获悉上游水库将破坝分洪消息后和部队指挥员说的那些话。教导员的话我永远铭记在心中。我和那年参加抗洪抢险的战友们不会忘记，人民也不会忘记。

教导员前年不幸因病辞世，但我和战友们深深怀念他。

第二辑

景物游记

春天，陶渊明的家乡山清水秀，摇着一叶扁舟，悠悠地淌过清水溪，去看“桃花源”。一瓢一瓢的溪水流淌着桃源洞内漂来的花骨朵儿，粉红的、艳白的、灰紫的，一串串流浪的魂在溪水里招摇。

插图：青草

牡丹花开

去中山公园看牡丹，牡丹亭古色古香不着一字（亭柱及廊下无楹联），亭前的园圃里却已是姹紫嫣红，春花烂漫。

初春，迎春、梅花、樱花、桃花、茶花相继开放，还有一种小黄花更是绽放得铺天盖地，异香扑鼻。唯有这牡丹，肥硕的绿叶下慢慢萌动着花蕾，仿佛春雷频催的雨帘下、池塘边、湿滑的泥巴裹孕下蠢蠢欲动的蝌蚪，沾着春的呼吸，浴了春的抚摸，犹如闺中娇娃，姗姗来迟。我轻轻步入花丛，呼吸着她娇嫩宜人的气息，聆听她花间的呢喃。她的私语灌注进我的耳膜，似真似假、似语非语的清音在身后荡漾。

时间在瞬间凝固了，花蕾在身旁悄然开放。

春天，细雨濡湿了四川峨眉山，一个台阶一个台阶地往上爬。峨眉山金顶，雨雾长年笼罩，难得阳光普照。雾霭里，我终于踏上了金顶，细雨围着身子，衣衫披着湿湿的雾，脚步已经轻得可听得见自己怦怦的心跳声。心里宁静得就像在等待一朵花儿的绽放。从坛头仰望，普贤菩萨十面金身耸立在云雾里，周围摆着莲花灯，一圈圈、一层层，仿佛菩提之花在雾的海洋里开放。一道金光，将云雾劈开了一条缝，太阳露出了笑脸，十面金身的菩萨霎时金光闪闪。静静的莲花台下游人香客仿佛醍醐灌顶，惊喜中爆发出欢呼喝彩声，一浪一浪，像那莲花般开放。我觉得自己是莲花池内的那条小鱼，闻到了花的清香。

春天，陶渊明的家乡山清水秀，摇着一叶扁舟，悠悠地驶过清水小溪，去看“桃花源”。一瓢一瓢的溪水里流淌着桃源洞内漂来的花瓣，粉红的，艳白的，灰紫的，一串串流浪的魂在溪水里招摇。入洞出洞，苗家姑娘窈窕的身姿在竹编的舞台上蹁跹，赤脚弹踏的舞步，是古老的琴瑟上的音符，流淌着青春的歌。溪水映红的是水车翻转的河畔桃花，一簇簇，一朵朵，编织在陶公耕读的诗句里。陶公喝了自己酿造的桃花酒，谱写了世外桃源的乐谱，雕文如椽。

春天，龙脊梯田一半是雨水，一半是花海，飞鸟展翅，从山尖落下，吻那花香，撩倒一坡一坡彩色的梦幻。瑶家的吊脚楼里溢出竹筒饭的醇香，一串串桃枝伸展着，在花窗格子前徘徊；妖艳的花朵讲述着山里的故事，尾随着楼壁旁一条曲曲弯弯的石阶小路嵌入崎岖的梯田，和远处的梯田上的油菜花在芬芳中拥抱。我一个石阶一个石阶地探寻，梯田的歌谣已经被纯朴的瑶族女子编织进瑶锦之中，那古老的字符叫你读懂“高山仰止，景行行止”的奥秘。

春天，湘西凤凰古城绿水绕溪，桃花就水轻轻地淌过，沈从文《边城》里的翠翠像个观音的样子，在溪边唱着那凄美的歌谣。

春天里，我做了一个个的梦，梦见姑娘们穿戴着各具特色的衣衫和花冠般的帽子，围着我跳舞，舞步飘逸浪漫。她们唱着好听的歌曲，在她们生活的山寨里花儿一般自由开放。

春天里，牡丹花在酝酿着富贵，酝酿着生动，酝酿着花中之魁的“再生缘”，酝酿着春天里的浪漫。她向往着天上云彩的绮丽，向往着行云流水的浪漫。我细细思之，她莫不是春天里的一种情怀，逃不脱春的纠缠，“等闲识得东风面，万紫千红总是春”，那是春的语言，在此时此刻再一次地发声，喷薄、璀璨。

遥远的山寨里的花现在还开得烂漫吗？或者在酝酿着新的绽放？蓦然回首，她已经萌发了，柔柔的相思在花蕊里飘舞。又想起江南昆剧《牡丹亭》演绎的杜丽娘和柳梦梅的爱情故事，那是牡丹的芬芳。

春天，去旅行

春天来了，空气中带着梅花、茶花、杜鹃花的清香。轻柔的风儿吹着，泥土里的小生命蠢蠢欲动。阳光带着刺激思绪的新鲜视觉信息惬意地泼洒在城市的高楼大厦之间，空间生存的欲望在白云的缭绕缠绵下开始变得清晰可见，鸽群在徘徊。推开窗户，睨见盈盈的生机在树丛中闪现，小鸟忽上忽下的声音愈发清晰，从喃喃细语到啸然歌吟，城市化的春天带给人们小小的清新舒畅。

春天去旅行，不错的主意。我决定带两本书去旅行，一本是阿根廷作家博尔赫斯的散文上卷，一本是他的小说卷。博尔赫斯著作有其迷人的地方，就像他的名作《迷宫》一样，他的文字的特点是写小说散文化、写散文小说化。我喜欢这样的语言。带着他的优美语言去坐高铁，岂不是让语言插上加速度的翅膀？

列车在飞驰，北方的山，一山连一山，半灰半褐的样子好像还在冬天的睡梦中。透过车窗凝望，好像天地在转圈，山脉在重组。博尔赫斯在他的《迷宫》中写了两个博尔赫斯：一个生者，一个死者，互相寻找，最终合二为一。他说：

一个山头，高一点，

越过密密麻麻的孤坟，

看另一座山头。

他看到了什么呢？其实什么也没有看到，他看到的只是生命的形象、生与死的关系，很抽象的生命终极的意义。从一本书推测作者的倾向性似乎非常容易，特别是假如我们忘了作者写的不一定总是他喜欢的，而是他最得心应手的、人们指望他写的东西。博尔赫斯在随笔《埃瓦里斯托·卡列戈》里这样描写主人公：阿根廷人的意识深处都有策马眺望广阔田野的景象，卡列戈当然也不例外。他肯定希望在那种景象里生活，悠闲静谧的庭院、玫瑰花、炭窑的木栅、黝黑的炭堆、大量的木柴、大杂院的铁门，再到玫瑰街的角落里荡魂……我猜想，在死亡面前人就像是薄纱，死亡的逼近常常使他透出厌烦、彻悟、奇迹般的警惕和预见。

读到这里，我突然悟透了博尔赫斯对生与死的探寻，尤其是对于那些临近死亡并被死亡的恐惧笼罩和追赶的人。高铁的时速保持在 298 千米到 308 千米之间；列车内温暖如春，大约有 1/3 的旅客用手机阅读、倾听来自网络的消息，只有我左手拿着博尔赫斯的书，右手支着脸，常常透过书目去观察博尔赫斯文字想象中的幻景。博尔赫斯将散文想象化了，将小说寓言化了。他在二十世纪四五十年代撰写的文字在今天看来仍然如新。我联想到自己最新创作的小说《青衫泪》中的主人公秦显达，在战争的苦难中，人的生命显得如此渺小：

记不清待了多少时日，沙地人秦显达的创伤痊愈了。他不愿细看身上的疤痕，也不愿去抚摸那疤痕，他只想将之遗忘。海岛的雨竟然陪着他淅淅沥沥落了那么长的一段时日，窗外埋伏在阴雨中的芭蕉叶子摇来摇去反复搅动着他的旧梦，梦中都是九妹的影子。身上的伤好了，他细细擦拭那些灰暗的稍微有点纠结的皮肤，让麻木的思绪有了活泛的念头。他扳起指头算了算，从被顽军抓壮丁到被逼去了海岛，已经有了十八个年头。青春流逝了，流逝得很快。真好像做了一个梦。回过头来，那个梦又离他很远很远。现在他形单影只，像一只孤独的鸟，一只被雨淋湿又被打折了翅膀的鸟。他很想飞起来，到大海的那一头去，可那是海市蜃楼，他是飞不过去的。

这时的秦显达多么像博尔赫斯在那篇《火的诞生》的序言中所说的：“想象中的异乡飞鸽，你燃起了爱情的最后火焰；你是光的灵魂，音乐的灵魂，鲜花的灵魂，想象中的异乡飞鸽。”

为爱情从寻觅到寻觅，那是人生意义赖以存在的条件之一。还有一种可能性，那就是读书写字的幻想。

博尔赫斯心中的理想竟然只是想当个图书管理员，他曾这样回答记者：“我心中一直都在暗暗设想，天堂应该是图书馆的模样。”在飞驰的列车上，我感觉到飞驰的速度；在用速度追赶时间的天平上读书，那就是天堂的模样。

人在清溪何处边

那是数年前，北京的第一场雪在正月初八的前一日落下，漫天飘舞的雪花给人一种怀旧的感觉。

这雪下得精致些了。本该去游颐和园的，这白茫茫的雪覆盖了天地，阻了我的行程。北京原本闹猛的街道变得冷清缓慢，坚冰上的积雪阻碍了交通，公交车在雪地上慢慢爬行着，行人稀少；也许是过春节的缘故，北京的街道难得让人感觉安静轻松。

雪正下得紧，天空竟露出红太阳的脸，雪在金阳下变得奇炜，丝丝缕缕漫漶成笑意，仿佛一幅幅夸张的画。躲在暖融融的楼内，观赏着漫天的雪景，心里仍想着去游那向往多时的颐和园。

北京颐和园我是游过一次的，捏指一算，那是在四十多年前的冬天，陪我去游园的是初中同学沈飞。那是少年不知愁滋味的时代。我俩走在北京宽敞的大街上，眼睛里流露着新奇与兴奋，有点刘姥姥进大观园的样子。沈飞比我高出一个头，我坐在教室最前排，他坐最后排。他比我大两岁，是从永和镇统考上来的尖子生，在那个年代，能从农村小学考上县城启东中学的毕竟凤毛麟角。我与他都在那年的政治潮流裹挟下来到北京，仍显稚气的脸上映着对世事的渴望与迷惘。游颐和园是我提议的，他说陪我去玩。他在我眼里是大哥哥，有他陪着，我心里踏实，毕竟是年少出门，生活中他总是帮助我。那时去北京我们是自带被子的，我个子小背不动大被袄，他就带了一条大被子与我同盖。我俩被北京的接待站安排在地质部图书馆的一个大房子里，房子里有地铺、木板铺。这房子很大很宽敞，可睡数十人，有暖气，有最新鲜出炉的科技宝贝（电视机和内部电视节目）。每当到北京出差或游玩，我就会想起与同学沈飞游颐和园的情景。所以，隔着楼窗，我就回忆起这段往事。

初八那天，雪止天晴。我和老妻去游那颐和园。从新建的园门进去，就看到了昆明湖。昆明湖与十七孔桥披上了一层霜雪，晶莹剔透的湖面倒映着岸边的树影，那是冬日阳光的杰作，有点梦幻有点古典。来游园的摄影爱好者特多，他们都是奔雪景来的。十七孔桥仍然是那座桥，两排石狮子仍然忠实地蹲守在桥栏上。回想起那年与同学一起走上这座桥，他用手掌抚摸着石狮说过一句话，他说，岁月流逝后，石狮子会老吗？我说，哪能呢，石狮子决不会老的，除非天塌地陷、海枯石烂。这一对话，距今已经有四十多年，那些石狮子还在，可我那位意气风发的同学却已经驾鹤先走了。四十多年沧桑巨变，再回眸看桥栏上的石狮子，却如白驹过隙。我默然地回想着与同学的那次对话，心有戚戚。我想象着昆明湖一夜间苏醒，流淌着春水，唤回同学来欣赏颐和园，化作《桃花溪》：

隐隐飞桥隔野炊，石狮桥畔问渔船。
桃花尽日随水流，人在清溪何处边。

那年同学陪我游园，走了十七孔桥，走了昆明湖岸一圈，自西往东走至万寿山时红太阳已经偏西。我们边走边聊，题目都是围绕晚清历史，还有义和团、李自成等。同学读书较多，知道一些典故，大谈“垂帘听政”。我也读过四大名著中的《三国演义》《水浒传》《西游记》，还有周立波的《暴风骤雨》《山乡巨变》，以及传奇小说《说唐全传》等，却对清朝的慈禧太后的后宫故事没有涉猎，知之甚少。他却谈得眉飞色舞。我很佩服他的记性，他竟对颐和园的典故也知道不少，所以，我俩沿湖走了一圈，竟然不晓得累。当我俩爬上万寿山，登上佛香阁，看到千手观音时，心口有点怦怦地跳。万寿山佛香阁上山的台阶又高又陡，出乎我俩预料。台阶上站满学生，红红的红袖章连接成一层层的风景。千手观音被一道道铁丝网围着，据说是保护古文化、防止弄坏珍贵文物。因为像我俩这样赴京的学生太多，爬上万寿山佛香阁的学生太多，人挤人，根本看不见观音的脸。至今，我印象中仍记不清这佛香阁里的观音菩萨那慈祥的容颜。如今，我和老妻蹒跚地爬上来了，能近距离静静地瞻仰观音菩萨了。观音菩萨坐在莲花台上，身边很清静，没有铁丝网。此时，佛香阁外的阳光照射进来，观音菩萨慈祥地看着我们，我们心静如水，很温暖的感觉。

走出佛香阁，远眺昆明湖，古意翩跹，雪晴如画。四十多年过去了，山还是那座山，湖还是那个湖。去佛香阁的台阶仍然很陡很高，积雪凝集在台阶上，又光又滑。可仍有游人不辞辛苦地攀登上来，一步一步地往上爬。我又想起老同学了，他在这逝去的光阴里苦苦地追寻着他的梦想，终因时代所囿，未能继续上学。他终为家庭生计所累，未能超脱贫困而成小康之家，未老先衰，英年早逝。哀哉，惜哉。

游完颐和园，颐和园仍在我的梦里，那个曾经陪我游园的老同学的身影仍然留在我的梦里。如今的时代，科学技术高速发展的好时光里，我总会缅怀那些过去的时光里不幸早逝的朋友，他们没能看见现代化，但他们那时心里也有梦，他们心里也有好时光。

到沈从文的家乡听一支歌

今年春天，四月二十日，我游了湘西。

那天傍晚，从万寿宫后门边的一条小弄走出去，看见凤凰城沉浸在一片灯影之中。沱江中倒映着吊脚楼，层层叠叠的灯将古楼映成现代彩街的样子，流动着游船细瘦的倩影，慢慢拉扯出一道道光的溪流，五颜六色，朦朦胧胧。那还是沈从文的家乡，边城河街吗？

“先生，大哥，照相照相。”许多手里捧着土家族服装的大嫂簇拥到我身边。

沈从文曾在小说《边城》里描绘过河街风景：城外小小河街，有商人落脚的客店，坐镇不动的理发馆、饭店、杂货铺、油行、盐栈、花衣庄，装点了这条河街。还有卖船上用的檀木活车（今人不晓得那东西）、竹缆与罐锅铺子，介绍水手吃码头饭的人家。小饭店门前长案上，常有煎得焦黄的鲤鱼豆腐，身上装饰了红辣椒丝，卧在浅口钵头里，钵旁大竹筒中插着大把红筷子，不拘谁个愿意花点钱，这人就可以傍了门前长案坐下来，抽出一双筷子到手上，那边一个眉毛扯得极细脸上擦了白粉的妇人就走过来问：“大哥，副爷，要甜酒？要烧酒？”

《边城》里的妇人是湘西边地的妓女，是随四川旧军队流落到这里的，穿了假洋绸的衣服、印花标布的裤子，把眉毛扯得成一条细线，大的发髻上敷了香味极浓俗的油类。白日里无事，她就坐在门口做鞋子，在鞋尖上用红绿丝线挑双凤,或为情人水手挑乡花抱兜,一面看过往行人,消磨长日。这种妇人虽因生活所囿，做了妓女，但由于边地的风俗淳朴，便是做妓女，也永远那么浑厚，遇相熟的，钱便在可有可无之间了。更有甚者，感情真挚，痴到无可形容。

游船在街的灯影里穿梭，慢慢织密了河街的温柔。慕名而来的游客中的姑娘小伙儿喜滋滋地接过拍摄土家族风情照的服饰，在闪光灯里陶醉。他们身后是湘西边城的旧景，晃荡的河水里隐隐浮淌着旧时代的故事。是否见到对岸吊脚楼里的妇人正在上灯，听到灯影里传出敲着小斑鼓弹月琴唱曲子的声音？是否听到对岸的女人唱曲子的声音低了些？而岸脚下面的船上男人在说话，一个水手对另一个说 :“她陪别人喝酒唱曲子，心里可想着我,她知道我在这船上。只要我一吹口哨,她的歌声必定停止。”言毕，水手吹了个口哨，一会儿，楼上的歌声便停止了。

我又想到了《边城》里的翠翠，她还在这七层白塔下的渡口轻轻哼着古老的歌谣吗?

你大仙，你大神，睁眼看看我们这里人
他们既诚实，又年轻，又身无疾病
他们大人会喝酒，会做事，会睡觉
他们孩子能长大，能耐饥，能耐冷
他们牯牛肯耕田，山羊肯生仔，鸡鸭肯孵卵
他们女人会养儿子，会唱歌，会找她心中欢喜的情人

这七层白塔还在，在夜色庇护下呆呆地延伸着。河水里潜藏着神的意志，连接着天地，长出许多翘角和风铃。塔旁几个青年画手正在描画夜幕下的河街,那条三孔虹桥组成了通往古城的钥匙。古城围着沈从文的故居，湘西的文化从那里溢出来，弥散在河畔歌舞酒吧的音乐里，唱醉了沱江里竹筏上扇翅的鸬鹚。穿了土家族漂亮服装的女孩子细嫩的嗓音爆出豌豆般的脆响，在这清凉的河水间荡漾。

我终于要了沱江里撑船阿哥的小船。小船从白塔西边上行，竟离吊脚楼愈来愈远。那是我要的凤凰古城风景吗？大水车翻转里的酒肆驿馆，沱江古渡头骑马桩水桥，S形的挡潮坝，竹筏上的鸬鹚，和那些湘西故事一一都将离我远去。撑船小阿哥猜出我的心思，他指了指西边山和溪水交汇共融的影子，说那里有沈从文的听涛阁（沈从文墓），有翠翠茶庄和边城书屋。哦，那是凤凰城的精神影子，一个作家和一座古城的前世今生原来就嵌歇在西边的岸脚旁。湘西的溪水自那边源源湍湍着簇拥而来，滋润了这厢青山抱翠、傍水依街的小城，轻轻地流淌着古老的歌谣。我听懂了船工的话意，也许，最美的风景不在靠近的俗世里，她就在远处活着，活在人间的梦境里。在梦里，我听见了翠翠凄美的歌声。

看一眼大理的风花雪月

四月十四日，云南大理古城有三月街民族节。那是白族最盛大的节日。我们从洱海游轮上走出来，坐车直奔苍山下的三月街。残阳挂在天边，舞动的旗幡已经接近视野。最后一番赛马正在旗幡下酝酿，骚动的马影和着潜在的喝彩使狂野的赛场初露端倪，仿佛能够听到马的嘶鸣和随之而来的呐喊声。

我从未见过赛马，又是在这南国边陲偶遇，思绪也在发酵升温。这温熙的暖阳下也有马蹄碎石的驰骋？也有金庸小说《天龙八部》中的翩翩少年段誉策马扬鞭的英姿？也有在五朵金花的簇拥下踏步金镫的阿鹏高亢激昂的歌吟？西边南诏古国的印痕在暖阳的彩影里徘徊，金碧澄澄的崇圣寺三塔喃喃地诉说着湮灭的辉煌，还有那蝴蝶泉的气味也在苍山竹林间萦绕。白族人民温顺、善良、勤劳、纯朴的笑容在三月街的赛马场上像花儿一样开放，使我顿感大理的温暖，有如沐春风的惬意。

嘚嘚嘚，马蹄声随风扬起，赤兔、雪聪、乌骓，彩云追月般奔驰着，交织在彩带缠绕的赛场上，仿佛一幅油彩光滑的画作在湿润的大理红土地上徐徐展开，呼喊着彩云一同飞舞。

我终于靠近了气喘吁吁的赤兔，那马的鬃毛每一根每一缕都流油似的光亮水滑，马蹄清爽整洁。人中吕布，马中赤兔。那马得了第一，荣耀早已挂在牵马人阿鹏的脸上，那脸红中发亮，英气逼人。看着这荣光闪耀的场面，我想起了歌颂大理风、花、雪、月的四景诗，那是白族人民世世代代传颂的一首谜语诗：

虫入凤窝不见鸟（风），
七人头上长青草（花）；
细雨下在横山上（雪），
半个朋友不见了（月）。

这大理三月街的赛马，属于哪一景呢？白族人家都以自己的姓氏为荣，并将之镌刻在厢房前的白色屏墙上。这些姓氏被画成图腾，非常醒目。看见这些生动的图腾，你就仿佛看见了大理白族人的心情，那种在洁白的墙壁上坦露自己的纯朴与天真的情感，那是关于一个民族传承与坚守的故事；他们将昔日的辉煌与沧桑镌刻在墙壁上，那是风、花、雪、月的记忆。在洱海的南诏岛上，人们用 269 块精美的汉白玉雕塑了一尊观音像，洁白无瑕，非常端庄。白族人很好客，他们以三道茶敬客，人情味很浓。

大理赛马，只是三月街民族节的揭幕仪式之一，接下来的三月街就是大理人和天南海北慕名而来的人购物买卖的节日。这一传统节日据说是来自遥远的南诏国。南诏国的疆域很大，比如今的大理要大好多。每年春天，大理的三月街上就要过节，且要过上三个月。因为天南地北的人要来过节逛街，这节日就很长很长了。我也乘兴逛了逛三月街。十里山街，由北往南向苍山上走，越走越高，越高人越多。满山街的南北货，满山街的买卖吆喝声。夜幕降临，山街上彩灯点亮，红红的灯笼连成一片，整个山街沉浸在热闹之中。步入其间，细细观察，你会发现参加这民族节的人大部分是当地的白族人，也有西藏、新疆及北方来的人，还有湖南、江西、贵州、四川等地的人。像我们这种游客混杂其中特别显眼，因为我们都是过客，行色匆匆，购物并不是主导，寻找和观赏才是本意。白族人就不同啦，他们身穿民族服装，或三五成群，或男女相携相依，驻足在某一街区，徘徊于烟气缭绕的烧肉摊前久久不愿移步了。

夜色朦胧，苍山如海。大理的三月街却越发的精神，人越来越多，引得许多警察都手牵手维护秩序。热气腾腾的民族节有一种亘古的精气神萦绕其间，夜如昼，昼如夜，灯如海，烟如虹，犹如奔腾不息的澜沧江，在我们的心中流过。

啊，美丽的苍山，美丽的洱海，美丽的大理三月街，你是春天的仙子，舞蹈在这片红土地上。你头顶上的天空是那么的青、那么的白，如有一只巨手在挥舞着，描画着你的美丽，指点着你的空旷，挥洒下你永恒的魅力。

大理的四景，春天的使者，记忆中的圣地，看你一眼，终身受益。

水墨周庄

苏州古老的水巷、小桥、园林早已被钢筋水泥的现代化大厦包裹起来了，且被包裹得严严实实。每天，汽车长龙便将原本临河筑屋、飞檐雕瓦的水乡塞得满满盈盈。那些石砌河浜及石拱桥隐匿在繁华的商业街市后面难得露头，小河浜的水在轻轻地叹息，在霓虹灯富气妖媚的余影里细语微澜。小河浜无船可摇。水乡小城的雾气在消散，只剩下精致得入骨的园林还在高楼下喘息，独自摇曳着苍老的躯干作笼中鸟、屏中画般的逍遥。那些临水曲榭、曲径通幽、移步换景的网师园、沧浪亭、拙政园的神韵呢，都被这车水马龙喧嚣时尚的潮流吞没了吗？苏州，你的古典遗风丢失在哪里了呢？当我受朋友之邀去周庄游玩时，被混淆了的视线才找到一丝回归的慰藉。

周庄四面都是河，在蒙蒙细雨里似一艘驶入港汊的船，一艘堆满了旧货物的乌篷船，在细雨里憩着、摇着，在纵横交错的闪着光似铺满了细细碎碎银子的河道里卧着，看不清哪是船头哪是船尾。那是古时苏州城外张继的船吗？轻渺的细雨里能静心聆听古刹的钟声吗？扑面而来的水味，使人遐想。一群水鸟在远远地逐水而翔，在我的视线里慢慢放大，周庄才显出其真实的身影。我是慢慢踱进周庄的。时已傍晚，细雨已住，余晖笼罩着周庄。街街巷巷在昏黄的光线里沉寂着，店铺的门楣上正点亮红色灯笼。在日光灯光交错里，周庄是那样的老态龙钟，旧式的二层砖楼的影子倒映于水巷河道中，竟然朦胧一片。哦，周庄是一艘陈旧的船，盛载着旧时水乡的记忆。朋友先到，已匆匆步入旧街观光去了，我坐于贞丰街东一家小旅店的客堂屋里等他。这客堂屋里摆着古典红木家具，墙上贴着周庄水墨画，更使人心中充满对周庄的厚爱憧憬。屋门外，不断有游人走过。朋友终于从黄昏的光线里晃进来，头一句话就是：“看过了，你快去看吧！”

“怎么样，这周庄？”我问道。

“有意思，你看看再说。”朋友回答。

当我步入这曲曲弯弯的贞丰街，走在两人宽的青石板路上，看到一间挨一间安有木板门的旧式店铺，心里涌动起莫名的忧思。儿时已淡忘的旧事在眼前翻飞，竟有点挥之不去：在破旧的门扉前，母亲在故乡的小街上卖盐，青石板街路上摊摆着四五只大小盐缸，母亲额头上沁出的细汗一滴一滴浇落在盐缸里。隔壁阿叔挑着两桶河水嘴里哼着不知名的曲子蹒跚而来。几艘木帆船正从西河里顺风而过，灰白的布帆缀满细纹。老船工坐在船尾高亢地哼唱河魂曲，清贫的小街平添一份鲜活的生气。这周庄，一间间老式店铺内亦呈现着一幅幅旧时的画面：一个白发老婆婆坐在一间破塌的旧屋里，一部手摇式纺纱机随意地摆在她的旧床前。老婆婆坐在旧床上木呆呆望着门外，望着我及路过的游人。隔壁是一家加工家具的旧木行，一部旧刨车床旁边站着一位白衣少女，她那时髦的扮相与落于店堂内的刨花形成对比，又让人产生联想，想入非非。紧挨着一间一间花样繁多的店铺，都令人想起旧时的记忆。这一段街路，也许是周庄的精髓所在。当然，落入我眼帘的，还有纵横交错的河道，与河上的石拱桥及吱吱扭扭仍在晚色里划动的小船。周庄的街街巷巷都建在这河道间，水巷、水色、灯笼、屋宇的倒影涂抹成恋旧思古的水墨周庄。画家陈逸飞的《双桥》亦属此景，但有点夸张。真景是很朴素很随意的，没有人为的创造。

沈厅是周庄的一块招牌，由明朝富商沈万三后裔沈本仁修建。载着游客的小船一艘一艘从沈家码头划过，码头长廊檐角上的灯笼在游客的眼睛里红光闪闪，富气十足。江南的富裕是商人们用铜钱银子堆积起来的吗？这形似乌篷船的水乡小镇装着金山银山哩。我将数码相机镜头对准这曾沾满富气的码头按下快门。破旧的码头仍红光闪烁，遗印着旧时的繁华。

雾气又笼罩着周庄，夜色里河港倒映着古街，小巧的石拱桥凸显出身姿，仿佛周庄之骨架，支撑起这艘古船苍老的躯干。我返回贞丰街小旅馆，朋友邀请我去双桥对面的酒楼吃万山蹄。席间，隐隐约约听到钟鸣之乐。朋友说那是镇东头的南湖园寺庙里的晚祷钟声。雾气、水色、钟声，桥影、小船、陋街，万山蹄、豆腐脑、红油绸灯笼、水墨画及古戏台的歌声，在我的感触里时隐时现。周庄远离喧嚣的城市独居乡间，甚是清高，却又太破旧、太遥远，令人伤感，令人沉郁，使人叹息。我们适应了现代文明给予我们的幸福，对往昔的怀旧只可停留在远视与观赏的层面上，真正触及，带来的忧郁竟有如被蛇咬的疼痛。

哦，细雨中沉睡了数百上千年的古镇周庄，我读懂了你的历史，却读不懂你的现实。

网师画虎

网师园虽小，却是苏州园林胜景中最精致的了。网师园的曲折变化自成一体，其造型布局远在沧浪亭、狮子林之上。园内的亭台楼阁、假山水榭、画廊漏窗彼此衬托得很调和，格调高雅，有如《红楼梦》中的潇湘馆、蘅芜院、紫菱洲、藕香榭，步入其间有犹如身处大观园奇景的感触。因此，网师园融合了许多文气。

网师园内古木参天。奇木老树倒长得丰丰满满，寿长百年千年，古韵犹存。看厌了园内的奢华，多观赏这千年古树使人神清气爽。

庭前古木老于我，
树外斜阳红到人。

游玩网师园的精髓，在于慢慢品味它的文气。青年人则不然，因了网师园的小巧，正好坐在那里谈恋爱。夕阳照耀在他们身上，色彩奇瑰浑然一体，好看又浪漫。

游完网师园，心里印满画家张大千与虎的故事，“画皮画虎难画骨”，那句名言始终挥之不去。联想到文学写作，江南的风景是优美的，江南的文学故事也是优美的。如果用江南故事来写作，那些风景和典故都是现成的。假使运用我家乡沙地的语言来描写江南故事，能否给阅读带来新的体验和惊喜，不得而知。

我觉得，沙地话等于江南话加沙地农耕文化，它好像是江南话的杂糅与拓展，有一种特别的韵味。沙地话语带着丰富的形容词，对事物的比喻达到极致，形象生动，所以她是世界上最具有个性的语言之一。她的缺点是地域色彩太浓，非沙地人听不懂。假使以江南话入小说文本，因为她的水色太深太浓，将有百分之九十以上的中国人弄不懂。如果用沙地话写书，其杀伤力更大，恐怕会有百分之九十九点九的中国人好像在读“天书”。那么，丰富多彩的沙地话就只可以“无遮拦地说白相”而不可以流利地书写入书？

我觉得，沙地话必须过滤掉那些近似“天书”的纯土语，保留那些生动的、外地人也可以读懂的语言，这样才可以嵌入式地糅合到文学语言中去。沙地语言的原生态好像是虎之骨，不经过千锤百炼就无法融入文学的世界。

清石琴韵

姑苏艺人，在古苏州的琴弦上舞蹈。评弹是苏州的一张王牌，一曲《蝶恋花》唱红全中国，将毛泽东对爱妻杨开慧的思恋之情抒发到极致，如泣如诉，感人肺腑。《好一朵茉莉花》，以评弹群唱的形式，将江南花好月圆的神韵，弹唱得清音雅致、怡人性情，使人如饮香茗，韵味悠长。在寒山寺旁枫桥的红木小筑内，我有幸欣赏到评弹老艺人弹奏的《梅花三弄》《石上清流》等古曲，静静聆听从那古色古香的琴弦上款款流淌着的旋律、空雅轻灵的清音，确实是人间的一大享受，其韵味无法用语言来描绘来言说。听说还有《胡笳十八拍》《雁过衡阳》等更老的曲子，因未曾听过而一直憧憬于心。一日，随朋友游怡园，竟欣赏到其间珍藏的石听琴室，一饱眼福而为之倾倒。其室构造奇特，格调高雅。室内藏着苏东坡的玉涧流泉古琴，一对联描摹曰：

素壁有琴藏太古，虚窗留月坐清宵。

其室西窗外立二石峰，二石弓腰曲背，形如二位德高望重的老者侧身听琴。山石之旁荷香阵阵，桐叶沙沙。如若倚石闭目，沏茶品茗，定会有琴音泠泠、雅韵濡耳的妙处。有唐朝诗人刘长卿的诗为证：

泠泠七弦上，静听松风寒。

古调虽自爱，今人多不弹。

此时此景，你只能意会，不可言传。这古调石韵只能让顽石去听了。

假如有一种音乐长期在你的耳际奏响，你将有何种感觉？是心烦意乱，还是像那怡园内的二石听琴那样，有音无音总会侧身弓腰百听不厌？你总会说，就算是天上的仙乐，一天到晚萦绕于耳畔，隐隐约约回荡于脑际，你也会烦的。在我工作的地方，竟有这种音乐每天十二小时向这小小的地方不停地弹奏、辐射、灌输，并奇迹般地让人喜欢、产生共鸣。

在我工作的楼下是一家规模不大的佳得利超市，超市门口原来放着一个音响，播放流行音乐。后来音响关了，因为今年春天来了一位民间艺人。此人三十多岁，面黑个矮精瘦，携二胡席地而坐。自此，他的琴弦下源源不断地流出曲子。从早晨到黄昏，他的二胡不断地拉动，间或低音潺潺如小溪轻鸣，间或高音铮铮似山间飞瀑；时而忽高忽低如马驰声嘶，时而平缓远逝似雾藏深山。他低眉凝视，旁若无人。所有的乐曲几乎都灌注在他膝前的一只空碗中。他不停地运弓，指法熟练如入佳境。

他膝前的碗空了半月之久。一天，在此店体育彩票处中奖的彩民喜滋滋地把红色百元大钞放到艺人的空碗中。艺人开始边拉边唱《青藏高原》，声情并茂，又引得金发碧眼的老外驻足聆听，慷慨解囊。

那二胡曲与艺人的歌唱一刻不离地萦绕在我的耳畔，从紧闭的楼窗缝隙中飘然而至。长此以往，倒也习以为常，在紧张的工作之暇再静心听之，缥缥缈缈，自赏其乐。陶醉中，我忆起旧事：赤日炎炎，我在军队农场滚烫的水稻田中插秧，汗如雨下，衣衫浸湿，白衬衫上结出一层层的盐霜……只觉头昏眼花，快要倒下。农场喇叭里播放的歌曲是支撑着我的唯一精神支柱，才旦卓玛唱的《北京的金山上》的优美旋律使我麻木的身子坚持不倒。

苏州民间艺人的二胡声里有着怎样的人生故事，我不得而知。只有暴风骤雨突降时，他的琴声才戛然而止。此时，我却丢了魂似的不舒服，心头空落落的。

江南烟雨孵梦中

那年春天开始写作酝酿多年的长篇小说《沙地姻缘》，小说里的人物从江南的烟雨里走出来，移居到江北沙地去，演绎了几段缠绵悱恻的爱情故事。因工作之需，我曾寓居苏州十多年，如今追寻小说里的历史踪迹，忽然觉得自己的故乡沙地与江南变得如此之近。

今日的江南和沙地，旧时的江南和沙地，都曾在苏州的景色里映照过、浸泡过。

旧时苏州是一座“枕”在河上的小城。走进苏州，就是走进曲里拐弯、密如丝网般的水巷。在阳光明媚的日子，石砌河栏与老街的一扇扇雕花木窗洒满金阳。河柳婀娜多姿地依偎在石栏边，在金阳里轻袅袅地挥动她手中的绿丝带，仿佛在俯身倾听河中小船吐出的咿呀桨声；二层木雕楼头轻扬着油漆灯笼的绒绒绣穗，仿佛姑苏小绣娘伸展着的红酥手，在河水的倒影里轻诉柔肠；那翠绿的镶嵌着细线条的兰花从临河的窗户垂挂下来，轻拂着纤细的身段，想与旧墙上的爬山虎牵手；那爬山虎是从波光潋滟的小河浜里爬上灰白的墙壁，一直攀到雕花楼窗的，并躲藏于窗沿下偷听室内飘出幽咽如诉的琵琶声。雨天，小河浜上行走着乌篷小船，小船上载了头戴斗笠的撑船女。在密密的雨丝里竹篙撑出了一串串小小涟漪，将青青水草挑拨于石砌屋基的砖缝里。此时，细雨笼罩着街街巷巷，那些错落有致、灰白柔和的色彩就像一朵朵水墨画里的颜料弥漫着雾气水色涂抹在微白的宣纸上。花萼里、莲子巷、桃花坞、柳叶巷……玲珑秀丽的庭院与临水而筑的亭台楼阁，如一首首宋词词牌跃然其上。如若透过这濡染的画纸，仿佛能看到烟雨里的少女，在戴望舒的《雨巷》里走着，“撑着油纸伞，独自彷徨在悠长、悠长又寂寥的雨巷”。的确，旧时姑苏的小巷蕴含了诗意，含蓄、委婉、清澈。

这“枕”河人家，在诗意里活着，在诗意里荡漾。

那是个春日的傍晚，我穿越了繁华的街市，走近了临水而筑的一幢幢木质小楼，脚下踩着清韵铮铮的青石板路，推开简洁朴实的门，走进了一个画家的小院落。我的感觉是我变成了一颗石子，投破了一池春水的宁静，一串串绿色的记忆在我曾迷恋过的水乡小巷的图画里一圈圈扩散，扩散得那么惬意，那么从容而恬静。恬静之中，蕴藏着一种超凡脱俗的雅致，充满水乡小巷的清幽。画家竟住在一个幽深宁静的小巷深处。这里院墙上爬满绿色藤蔓，喇叭花悠然怒放。透过院墙的漏窗，又见河浜对岸的石砌栏杆与嵌着爬山虎的灰墙，一股水气在院落里弥漫，清新悠然。哦，这就是苏州的小巷人家。这小巷深处果然沾染着江南水乡特有的文化韵味。一个现代画家，住在这里，这本身就是一种文化。画家引我入室，木质地板，一杯香茗，挂了现代画的画墙，在我眼里都湿漉漉的。

“这几幅画都是台商要的，你看画得怎样？”

画家以画为生，在寒山寺北街租一店面卖画。从他的嘴里，我掂出了他的身价。他的那些画都是以姑苏水乡为创作素材，那些被油彩涂抹得密密实实的画布灰灰暗暗，在我眼里很像一团团模糊的蒿草，乱蓬蓬地生长在这画布上。

“印象派？”

“看来你不喜欢这暗色调，可台商很喜欢呢，催得紧。我这几天就画完的。”画家微笑着说，“你可远视着欣赏，会好些。”

哦，远视确实很好看，那些粗糙的油彩在傍晚的光线里凸凸凹凹地现出它们的神采。这一幅是画了水乡的一垛旧墙，在一弯柳丝的掩饰下，半条小船正从那垛旧墙根下撑出来，船娘的斗笠在柳丝里若隐若现。半幅油画呈灰白色，只有那旧墙的颜色条块与船娘握篙的手清晰可辨。那一幅是半条街巷，半遮半露的街面泡在晨雾中，此岸泊着小船，停在一幢小木楼的墙脚下，两三级石阶从水中爬上街路。另一幅是几株翠竹掩隐着一排石砌雕栏，河水从雕栏的缝隙间流过，几只鸬鹚在远处墙根下戏水。这江南小巷在画家的画笔下都变为隐隐约约的风景。

“有画人物的吗？我喜欢真实的鲜活的人物画。”我是为《沙地姻缘》的插图求画而来，我要反映旧时江南的生活场境和人物的那种画。

“暂时没有，你需要的话，我可以画的。”

“哦，那我把文章复印件交给你，你按文意构思画。”

“好的，一星期后你来看画。”画家胸有成竹地说道。

生意谈成，画家送我出来。我慢慢踱出小巷。哦，枕河人家，在我的记忆里渐行渐远，那轮廓愈来愈模糊，只剩下船娘苍白的手在雨帘中轻柔地招摇，让小船轻轻游进水巷的画卷之中。那画卷亦驻在我的心里。

《沙地姻缘》的插图是为小说里的朱一茗、细娘等人物设计的。朱一茗、细娘等都曾生活在江南古镇上，因为追求爱情与更好的生活，他们从江南的烟雨里走出来，走进江北清新静美的沙地老街开始新的生活。

我想，如果拿到画家给《沙地姻缘》构思和描绘的如意插画，我会为之庆幸的。我相信插画里的人物曾经是我的故乡沙地先辈们的身影，他们从俗世里来，到灵魂中去，漾映在我绵绵眷恋的敬意里，永不熄灭。

青山书屋

远离城市往深山里走，诗意就从青山的雾霭中飘来，在隐藏古迹的松涛林海里飞舞，沿着青山石阶拾级而上……攀登五百八十八级石阶，那诗句就像小鸟一样降落在山顶竹园里，若是低头聆听，那诗韵就化成一汪山泉润进你的心里。

青山有书屋，藏在深山中。

几十年过去了，那梦中的青山书屋还在吗？记得山顶有一块小山坪，四周围着翠竹，有一曲径通幽处。竹林深处筑一茅顶竹屋，屋内住着一老一少。青山翠竹，鸟鸣声脆。轻轻推开竹门，一股书香直钻鼻孔。咦，好大的一张竹藤编的书橱，里面装满了书籍！想那无书可读的年代里，突然面对这样的书屋奇观，我们讶异的面孔好似涂上了杜鹃花的颜色。那老者与地道的山民无异，手持一根细竹竿做的旱烟管，略带笑意地看着我们。我们无声地走向书橱，贪婪地触摸着那些散发出奇香的书籍。我的目光从《三国演义》《水浒传》《西游记》《红楼梦》上轻轻扫过，又努力地辨识着一本本发黄的线装书的书名。那些线装书书名很难读懂，因为我从来没见到过。我是第一次看到那么多的古籍，那些发黄的纸张里隐藏着知识的神秘。当我们用手实实在在地触摸到这些书籍的时候，我们的心禁不住怦怦乱跳。我们过足了猎奇瘾，开始与山民般的老者对话。

“请问你是这些古籍的主人吗？”

山民般的老者将旱烟管从嘴里拔出来，举起竹竿般的手，摇了摇。

“请问这些古书卖不卖？”

老者举起大手，使劲摇了摇。

“请问这些古书是从哪里弄来的？是你们从山下背上来的吗？”

老者很开心地点点头，又将旱烟管塞进嘴巴里抽起来。猜想他不会说话，我们也就不再问了。他的小孩也不再见外，好奇地摸摸我们腰间的牛皮带，流露出羡慕的神色。我们各自从竹橱里挑一本书翻阅起来。当我们走出茅竹小屋的时候，天色已晚，已经看不出竹林的影子了。

青山书屋、竹林老者渐渐离我们远去，它们仿佛一幅陈旧的年画，挂在青山雾霭之中。我们一边沿石阶而下，一边猜测那个山民般的老者的身份。我们开始怀疑他是明哲保身般地装哑，因为我们好像听见了从青山书屋里传出了琅琅的读书声：“白日依山尽，黄河入海流；欲穷千里目，更上一层楼……”

许多年过去了，远离城市往山里走，那青山书屋的诗音还在吗？生命的年轮刀刻般凝固于青山石阶上。攀登五百八十八级石阶，一面五星红旗正在山顶上迎风招展，一座青山小学安家落户于青山雾霭的怀抱之中。孩子们刚刚升过国旗，脸蛋儿都像红苹果似的鲜艳欲滴。

青山书屋、竹林老者已经离我们远去，仿佛一幅陈旧的年画，挂在青山雾霭之中，挂在我的心之底片上。那些古书呢？但愿其如青山常在、绿水长流。我们又听到孩子们琅琅的读书声了：“白日依山尽，黄河入海流；欲穷千里目，更上一层楼……”

桃花埠，人生路

桃花埠，种有桃树成千上万株。

桃花埠，曾经是解放军驻浙某部的营房所在地。

依然是一座古柏虬枝倒挽苍穹白云的青山，依然是一条绕山潺流的清澈小溪，依然是青藤紫叶环绕的毛竹小屋，依然是姹紫嫣红的满目桃花。那一簇簇被春雨洗过的朵朵桃花啊，愈发显得娇妍无比、含情脉脉。遥望梦中的桃花埠，心旷神怡，心弦颤颤；站于朴实的桃花埠，如梦初醒，泪如雨下。

多少年了，山下红尘翻滚，你呀，竟依然始终如一地恬静宁馨、韶华芬芳。在庸俗竞逐之中，依然坚守着你的纯净、独立与本真，这究竟是怎样的一种人生呀？

那时的你，一袭新军装，站在桃花埠。春雨密密地淋在你的脸上，笑容如桃花初绽。你将要从桃花埠出发去攀登险峻的青山。青山似一袭缥缈的新绿，洗濯你灵魂的新绿呀，让你学会从山之巅观察桃花埠的人生奥秘。你抬头，细雨是一片片濡湿的白云，试抓一把，浇灌这清净的桃花埠！满目缀就鲜艳的桃花，满目缀就鲜红的果实。那诱人的芬芳里流淌着甜蜜，流淌着希望。

山下，战友在高喊："坐标……"

雨霁，四望青山，一片寂静。这边桃花盛开，那边丛山叠翠。隐隐有寺院的钟声剪空而来。那是天上梵音，有音无形，直指人心。晨钟暮鼓，音愈响山愈静。你竟想去捕捉那无形的钟声，你可已经洞察了人间的无所不在的清音，你可看清了山下战友们的身影，你可已经知道了人生的坐标应该定在哪里？

多少年了，山下红尘滚滚，你却依然清香如故，春色如故。桃花埠，你是不朽的山之精灵，战士们在你美妍无比的圣地里站岗放哨，胸中装满纪律规章，保卫你的纯洁，保卫你的富有；当你满挂硕果时，就是满嘴焦渴，也决不沾你半点甜浆。你乐于与战士们合影留念，战士们就将你的清纯永驻心间。大家唱着热爱你的歌曲走向四方，轻吟着深情的诗句走向四面八方："桃花埠树千万株，莫忘战友送你情，此生若能重相会，千杯美酒依你醉……"热爱你的战士一批批地走了，你知道他们走向了何方吗？他们走向了滚滚红尘里。小李，笑如桃花的小李子，笑卧战场；小张，爱吹口哨的小张，献身于抗洪救灾的前线；大刘，爱讲笑话的大刘，见义勇为，倒在了血泊里……他们早已将满腔热血化作蒙蒙春雨洒在你的沃土上了；他们早已将精魂化作丝丝青烟日夜萦绕在你的身边。

遥望着梦中的桃花埠，你如梦初醒，泪如雨下。你捋了捋花白的头发喃喃自语：快重新定准坐标。人生的路还很长很长，看清楚哪里是清明哪里是诱惑。

秋空听清音

酝酿十多年的《青衫泪》在那年年初观梅时节骤然萌动，我欣然下笔。小说中的人物沙地人秦显达、倪九妹在笔端（电脑键盘）娓娓道来，渐入佳境。从春到夏，从夏到秋，秦显达与倪九妹的爱情被风云激荡的社会裹挟，陷入聚散离合的悲情之中。屈辱、抗争、遭难、漂泊、无边无尽的思恋，主人公的爱情故事被浊世流放得很远很远，思绪中都浸满了乡愁的泪水。写到主人公秦显达被战争的魔鬼之手推到命运的角落，从此漂泊他乡，孤寡无助，离心爱的女人倪九妹越来越远……我敲键盘的手在发颤，心绪也落入深渊。历史曾经如此演绎，书写却无法进行。读过古书，看过才子佳人的故事，结局都是朝着大团圆的方向倾斜，圆满喜庆，有情人终成眷属。秦显达呢，战争的影子牢牢地绑着他，经历过枪林弹雨，被俘后服过苦役，漂泊异乡……无边无尽的苦难浸淫着他的灵魂，海的影子里都挂满无望与泪水，他的结局在何方？

敲打键盘的手麻木了，泪水盈满眼眶，夜不能寐。

桌上同时置放着几摞新书。读书写作，边读边写，边写边读。忽一日甩下书出游桂林，徜徉在山水之间，听到蝴蝶泉的呼喊歌唱。

穿过蝴蝶泉的悬空吊索桥，两耳听到流泉淙淙的声音。青山野藤红果，彩霞悬索蝴蝶，翩翩而来，熠熠而去。似有清幽的琴声踏空舞蹈，琅然，清圆，谁弹响空山？惶惶间回首，望见蝴蝶泉洞顶上的石琴，在清空中徘徊。

若言琴上有琴声，放在匣中何不鸣？

若言声在指头上，何不于君指上听？

忽而想到《东坡谈艺录》中苏东坡论音乐的诗句，满目有蝴蝶在飞翔。滑过索桥的彩带，扑入清泉的和弦，弹击那云霞中的琴瑟、箜篌、琵琶，似有妙手拂起，听流泉叮咚。桥的那一端，有瀑布飞流。头戴银冠的瑶族少女盛装击鼓，伴那流泉发出和音，天籁顿成。于是，心胸开窍，似空中揽音，清音袅袅。又想起苏东坡的诗句，那日他游九仙山，听闻村中儿童歌唱《陌上花》：

陌上花开蝴蝶飞，江山犹是昔人非。

遗民几度垂垂老，游女长歌缓缓归。

陌上花开花又落，只忆当年游女歌。空山中飘来飘去的蝴蝶，千百年来续着前缘聚于谷泉之间，歌在流泉之下，清音千载，演绎那泉洞之上的琴韵，美妙无限。原来，读《东坡谈艺录》，在这里得到醒悟。“若言琴上有琴声，放在匣中何不鸣？若言声在指头上，何不于君指上听？”啊——那才是艺术创作的真谛。

作家写什么，为何而写，你搞懂了吗？照相生活，记录人生，就是文学吗？非也。为了创作出心灵之歌，我们要用千百倍的诚意和努力，投入自然界的怀抱，去摄取山川、大河、阳光、雨露、草木、空气等一切孕育生命的东西带给我们的福祉，仿佛春蚕吐丝，一点一滴吐出心中的芳华；又仿佛秋月下燃着一炷馨香，净身净手净思，轻弹琴弦，让音律妙然升起，神形皆喜，袅袅婷婷。

重新回到书桌旁，耳畔仍有蝴蝶泉的清音袅绕。秦显达、倪九妹等默默承受爱情的苦涩与磨难，仿佛翩飞千年的蝴蝶，为了兑现前世今生的诺言，从漫漫的困厄中走来，穿过森林、山谷、流泉，以赴千年之约。可否瞥见蝴蝶的翅膀，自由呼吸与飞翔的身姿？《青衫泪》扇动着蝴蝶的翅膀，哼着苦涩的歌，寻寻觅觅，千回百转。

秦显达踏着蹁跹的舞步追寻，于改革开放的春天里终于寻到了倪九妹的踪迹。可是，蝴蝶的翅膀已经枯萎。爱被时光延续、放大、投影在那件浸满秦家三代人泪水的青衫上。

人世间的爱情是否真实，那是空中飘动的云彩、繁茂的树冠上绽开的花朵、潺潺流淌的溪水下的游鱼，还是深埋在荷塘里的嫩藕？

蝴蝶泉的空谷之音在我头上久久徘徊，千年之约、万年之期，那美丽的蝴蝶翩翩起舞，扑向清泉；留下的是天籁，因为她们的美丽。

逛书城，读《边城》

初冬时节，我去逛多时未逛的上海书城。

上海福州路上行人渐多，过马路都要被上海阿姨用红带子拦着，服从她的交通指挥。福州路上那家原本热闹的书城却显得有点冷清。也许是寒风阻碍了读书人的脚步，或者还未从换季的日子的麻醉情绪中脱身出来，或者还未有偷得半日空闲的工夫，致使书城门前门内人影可数。唯有门口堆放着的新书，一摞摞地扑面而来，令人目不暇接，进而催生一股暖意。

新书有梅花含苞绽放清香袭人的味道。

我认真地在书海中徜徉，淘到几本喜欢的书，如《现代小说语言美学》《沈从文小说菁华》《蒋勋说宋词》等。购得如意的书，心中有窃喜。又趁兴踅进二楼的星巴克，喝一种名曰“玛奇朵的艺术”的新品咖啡（意大利语中的意思是“印记”),果然味道浓郁。那种淡淡的焦糖味令人愉快、陶醉。隔着二楼凸出的栏杆，可俯瞰楼上楼下书厅里觅书的人，我想象着这些人的爱书情结，那种探寻的渴望的兴奋的目光，在书封、书目、书序、版权页、插图上浏览，流连忘返。

坐在星巴克的椅子上，我翻看着《沈从文小说菁华》，首篇是那篇成名作《边城》，沈从文在题记中写道：“这本书不是为他们而写的。”沈说的“他们”是指谁呢，是指那些稚气的又“害怕落伍”的文学爱好者。因为他们把大把的时间用来阅读那些新作品，而这种作品大都是由国内无良理论家、批评家、聪明的出版家、惯于说谎造谣的文坛消息家们共同营造的一种虚伪的习气吹捧出来的东西，并被这种虚伪的东西控制。（我理解为如书商搞的书城售书排行榜之类）。沈说："我这本书只预备给一些'本身已经离开了学校，或者始终无从接近学校，还不认识些中国文字，置身于文学理论、文学批评以及说谎造谣消息所达不到的那种职务上，在那个社会里生活，而且极关心全个民族在空间与时间下所有好处与坏处'的人去看。"读到这里，我深深被沈的说法吸引。如今的文学，存在着虚假的虚伪的文化现象，确实有点像沈早年就说过的并批评过的那样，已经被市场的那只看不见的手乱了方寸。

因此我庆幸我没有被这种现象搞乱了读书要旨，我在沙里淘金。沈从文的那篇序言，也许就是他的写作目的，说清了为谁而写。为那些"追风族"而写的作品注定会被历史淘汰。沈从文写于一九三三年的翠翠和他的湘西边城的故事至今仍吸引着读者，也许还会一直流传下去。上海书城显眼的橱柜里陈列着的仍是《沈从文精选集》《汪曾祺精选集》《萧红精选集》《梁实秋精选集》《张恨水精选集》等等，那就是好书永远的价值与魅力。优秀的文学作品，应该给一个黑夜中孤独的个人以精神上的支持，或者让我们感到作为个人的自己与社会的存在之间的血肉联系。

从沈从文的那篇序言里，我又悟到了写作的意义。好的小说家更像大地上的野草，落到哪里都能生根发芽，在任何时空里都能有自由的思想。是不是以真实记忆为蓝本的写作对结构的缜密要求相对较弱而更为自在？是不是散文化的写作更强调心随情动、境由心生？

联想到我花费一年的时间（全职写作）写出了新的长篇小说《青衫泪》，至今仍感到负重弥久后的伤痛（身体的伤痛和心灵的伤痛）。这个故事在我心里隐藏发酵了十多年，到如今才瓜熟蒂落。这是一个绵延三十多年的爱情故事，主人公沙地青年秦显达经历了历史风云，被战争的恶魔裹挟着并被迫漂泊异乡，而离心爱的女人倪九妹愈来愈远，其间种种悲欢离合让人落泪。

一个作家不会仅仅因为他的写作本身获得意义，一个人的写作也不可能天然地完全孤立地获得意义。作家心里清楚，他真正要写的是爱情后面的东西。我写完后在网络上搜索，发现历史上有两个作品曾取名《青衫泪》，一为元朝剧作家马致远取自白居易《琵琶行》故事而创作的杂剧，一为张恨水早年未成稿的小说。那是张恨水十六岁时模仿《花月痕》写的章回体小说，共写十七回，最终因他自觉不好而焚了。张恨水写作《青衫泪》未成稿距今正好一百年。我写的《青衫泪》与以上两个作品的形式和内容都不相关。我写的是现代战争状况下的生民的生活与饱受劫难后的思乡、还乡情怀。此种情况的写作无一点军队生活的底子，恐怕连“仿真”都难以做到，何况较阔大的历史空间里的文学构建与生活阐述，读者会迷恋你的编造？

因为写作《青衫泪》的缘故，我突然回忆起青葱岁月里一些读书与报名参军的往事，一幅幅生活画面汩汩涌来，令我感叹唏嘘不已。

那年冬季征兵，汇龙镇来了几位带兵的军人，他们身着羊皮大衣，脚穿翻毛大皮鞋，脸色黑里透红，讲一口晋西普通话。他们是从很远很远的大西北来的，从他们的穿戴行色就可看出这是支艰苦戍边的部队。我曾听过他们轻轻哼的歌，歌词大意是：

儿当兵当到多高多远的地方，
儿的手能摸到娘看见的月亮；
娘知道，这里不是杀敌的战场，
儿却说，这里是献身报国的疆场；
寄上一张西部的雕像，
让娘记住儿现在的模样；
…………

那时我才十七岁，身子骨很单薄，却不知天高地厚地追着那几位大西北来的军人要跟他们走。他们笑呵呵地拍拍我的肩膀说：“小鬼，不行呀，你的身体吃不消高原气候，明年再当兵吧。”第二年我又缠带兵的人，这一次是通过了体检关，却因小人谗言被以“政审不过关”筛了下来。第三年征兵，我终于穿上了漂亮的绿军装。

穿上了绿军装，我心里那个高兴啊，我赶紧去照相馆照了张军人照。照相主要是为洗清我家被人污蔑的冤屈。我觉得，家庭的荣誉很重要，那是我身后的一堵墙，不可被泼脏水。至今，我仍教育儿子，必须以自身的清白保护好这堵墙。

当年参军这件事已经很遥远，沈从文的《边城》却离我很近。翠翠在渡口唱着歌，那首歌声音极柔和，快乐中又略带忧郁。唱完了这首歌，翠翠觉得心中有一丝凄凉。她想起秋末酬神还愿时田坪中的火燎同鼓角。远处鼓声已经响起来了，她知道绘有朱红长线的龙船这时节已下河了，细雨还依然落个不止，溪面一片烟……

蓦然回首，书城里人潮涌动，底楼涌进许多学生，脸蛋红扑扑的，一股勃勃生气弥漫开来，我收住了贪读的目光。

观灯记趣

不知从何年春节开始，上海滩老城隍庙就有了花灯展，它也就成了上海人过年的一种恋念和期望。每每去观花灯，总有一些欣喜，让你观之赏之思之感之。民俗文化用扎灯的艺术形式展现出来，是中国传统文化的一块艺术瑰宝。

记得有一年春节老城隍庙红灯璀璨，九曲桥的组合花灯又有新的创意。大年三十，一家人兴致盎然地步入上海豫园绿波廊酒楼，品尝上海风味的年夜饭，在暖融融的年味里陶醉了。透过酒楼的花窗玻璃，九曲桥花灯的靓影若隐若现，在满目古典又梦幻的美景中，我想起以前来这里观灯的情景，想起因为观灯而与写作结缘的旧事，仿佛文人的怀旧，忍不住意绪绵绵。

第一次去城隍庙观灯，是我人生中最重要的一次旅行记忆。那是一九七九年的春节，在改革开放春风吹来的年代，适逢城隍庙重燃灯会之喜，我与新婚宴尔的妻子手拉着手，穿过上海外滩的辉煌街市，步行去老城隍庙。一路上逛庙会的游人熙熙攘攘，摩肩接踵。妻子是个上海人，对老城隍庙较熟悉，就拉着我的手回忆她小时候逛庙会的趣事，细细碎碎，但很好玩。我从小在沙地老街长大，从未逛过老城隍庙，灯展对于我来说更是文化盲区，现在贸然步入灯火璀璨之处，好像到达人间胜境，精致美妙，目不暇接。灯展最动人之处，不是她的美艳，而是她的内涵。“文革”十年，灯展这种内涵丰富、堪称文化遗产的艺术瑰宝，在我们的记忆里竟然成为一种传说，现在重新鲜花般开放，怎不令人激动陶醉。灯展上，古老的豫园里挂满了彩灯，假山上、碧池中、曲桥间一盏盏动物灯栩栩如生，亭台楼阁里人物肖像灯仙风道骨、神采飞扬。那些颇具传统文化色彩的并蒂莲花灯、鸳鸯戏水灯、嫦娥奔月灯、仙鹤灯、猴子灯、老虎灯、金鱼灯、七品芝麻官灯、钟馗捉鬼灯、八仙过海灯等，盏盏精彩。我突然被一盏荷花立龙灯吸引住了。那是一种最新的用微机控制的电动彩灯，那是改革开放初期刚刚出现的科技创新产品，可谓风靡一时。我那时在启东电子研究所工作，正在研制一种新型水电发电机组自控启动装置，那种声光电一体的彩灯令我非常兴奋和大受启发，我被这盏灯的靓影陶醉了。妻子一边观灯，一边问我这盏灯的原理，我细细地向她解释。突然，一种想用文学手法记录这次观灯的念头涌上心头，我轻轻放开妻子的手，拔出上衣口袋上的钢笔，从随身携带的书包里翻出笔记本，在密密麻麻写满电子符号的纸页旁记录了这盏灯的简介。回家后，我伏在岳父家的小阁楼天窗下的地板上，写下了我的散文处女作《她在灯火阑珊处》，投稿后在《中国电子报》发表了。该文获得原电子部散文征文“晨星文学奖”。

第二次去城隍庙观灯是在二〇一〇年春节，三十年璨然而去，九曲桥还在，绿波廊还在，老庙黄金楼还在，花灯展还在。九曲桥的花灯更加瑰丽璀璨，五谷丰登的美丽景象比比皆是。在九曲桥的一组花灯中，我发现端坐着一位古代文化高人，那就是诗仙李白。用彩灯这种艺术形式表现李白，那是要有何等的文化自信才能演绎得逼真无瑕。我在欣喜中摄下他的靓影。

后来，这幅名为《灯语：诗仙李白》的诗画摄影作品，在当年南通市文联举办的南通作家诗画摄影作品展中入选并展出。

透过绿波廊的窗格，古典与现代交相辉映，许多关于灯展的旧事依然回荡在我心间，灯展这朵传统文化艺术之花也在我的心田开放。扎灯的艺术，也是文化传承的彩带，将观灯者的心紧紧系住，把我们引入艺术的胜境，美好无限。

长滩岛纪行

你到过菲律宾长滩岛吗？很多人可能没听说过这个小岛的名字。对出国旅游较熟的人来讲，也许会了解这长滩岛风景区的名气之大：它排在世界著名旅游风景区海滩景观前十位。当我从网上简略浏览了这个距离我国很近的小岛的风光后，就产生了去游玩一下的愿望。龙年春节，我的这个愿望实现了。

碧海云霞

当我从菲律宾首都马尼拉转飞机去长滩岛时，乘务员用熟练的英、菲两种语言向乘客介绍小岛的风光。她把小岛称为神圣美丽的地方。她流利的话语在这架能容纳八十位游客的精致漂亮的旅游小飞机里流淌。飞机高高地飞行在漫空而舞的云霞之上，舷窗外变幻莫测的云层折射着的五彩霓影，正向乘客们演绎着神话般的高空奇观。正值清晨旭日初露，璀璨霓虹乍现，那云霞由远而近，层层叠叠，连绵长空，气势磅礴；那颜色五彩斑斓，出神入化；那景致变化万端，奇丽异常。舷窗外展现的迷人景象，大大出乎我的意料。我读过刘白羽的散文《日出》，他描写的空中云霞的瑰丽壮美令人感叹，可如今这些出神入化的造型，可胜过刘白羽老师的初识，几乎难以用文字表达。回想初唐少年诗人王勃在《滕王阁序》中那一段流传至今的名句“落霞与孤鹜齐飞，秋水共长天一色”，写尽了瞭望天空的诗情画意。宋朝大文豪苏东坡写《赤壁赋》，描写自己乘一叶扁舟航行在江波之上，仰望浩渺天宇，发出“浩浩乎如冯虚御风，而不知其所止；飘飘乎如遗世独立，羽化而登仙”的感叹。他们在陆地上、在大江边仰望天空，看到了天象的神奇，但因在地上仰视，囿于视线的局限，虽不乏奇思妙想，终不及飞上天空一睹奇观来得真切。苏轼在诗中感叹道：“哀吾生之须臾，羡长江之无穷。挟飞仙以遨游，抱明月而长终。知不可乎骤得，托遗响于悲风。”苏轼是悲叹人生苦短，也深感人生的局限。如能让其飞上天空，他也许就不会如此遗憾吧！在天空上俯瞰到胜景，也是机缘所在，可遇不可求也。天宇的神秘和奥妙，深深地印刻在我脑海里，令人惊讶又敬畏。也许只有在这碧海蓝天之上，才有如此美景，那令人心醉的一瞬，使我对长滩岛充满了向往。

白雪沙滩

当我坐在长滩岛最好看的西岸海滩上时，想起前些时候在网上读到《水浒后传》，其中描写水泊梁山幸存的好汉李俊等打造海船扬帆出海，最后到达长滩岛一带成就一番大业的故事。那种翻江倒海、九死一生的气概，让我将其同现实中的长滩岛联系在一起，如同穿越时光隧道，如梦似幻。凝眸清纯的海景，透明的海水层层叠叠地从天边霞光里涌来，淡蓝、深蓝、湛蓝、微红的海色包围着我的思绪，我看见了他们跨海而来的飘逸身影，将长滩岛雪白的沙滩磨砺得细软宜人。他们在沙滩上漫步，海水包容着他们的脚步，浸润着他们的身躯。水泊英雄们的脚步是那样的从容悠闲吗？替天行道的理想融化在这片湛蓝微红的海色里时是那样的轻松自如吗？几个长滩岛土著小孩围着一个混血小孩在玩埋沙子，长长的椰子树的影子在他们瘦小的身子上晃来晃去，混血小孩朝我们喊着。朋友告诉我，那小孩在向土著小孩们介绍我们是“上海朋友”。哦，在这片纯白的沙滩上，我们遇到了知音。在现代化交通工具的帮助下，我们游历美丽的小岛可在半日之间实现。远古时，一船一帆不知要漂泊多少时日，历经多少风雨，才可如愿，真是一个在天上，一个在地上。

白沙滩上嬉戏游泳的人在晚霞里上下浮动，仿佛落在海水里的椰子，浮成一片。一艘艘螃蟹船扬着三角帆航行在落日晚霞间，蓝的红的白的帆把天空染得鲜艳如画。落日在几片云霞间愈发鲜艳得醉人，愈发张扬得奇瑰，如迟暮美人，迟迟不肯退隐。我想起了《红楼梦》中的诗句：

霞绡云幄任铺陈，隔巷蟆更听未真。
枕上轻寒窗外雨，眼前春色梦中人。
盈盈烛泪因谁泣，点点花愁为我嗔。
自是小鬟娇懒惯，拥衾不耐笑言频。

自古至今的如花美眷现在哪里，大浪淘沙的历史英雄飘逝何方？点点落日消沉于碧海蓝天里。沙子年复一年在岸的脚畔，被洗濯得愈来愈洁、愈来愈白，白得叫人心痛。无边的海色、无边的幻想聚在眼前，那么悠闲，又那么落寞。

夜幕终于落了下来，风儿吹着岛上的椰林沙沙作响，清凉的夜色包裹着沙滩，包裹着沙滩后面高雅别致的酒店、咖啡屋。歌声响起，美丽的姑娘披着霓裳出现，小巧的身姿、婆娑的幻影勾勒着南国的风情。有云游诗人吟诵道：

渔樵同话旧繁华，短梦寥寥记不差；
曾恨红笺衔燕子，偏怜素扇染桃花。
笙歌西第留何客，烟雨南朝换几家？
传得伤心临去语，年年寒食哭天涯。

今日初观海景，明日乘舟远航。躺在长滩岛最好的酒店房间里，做着异国的梦。梦很长很长，没有椰子树，没有白沙滩，没有五颜六色的帆船与海腥味，只有故乡小镇清冽的小河水，小木棍长长地伸在河水里，一只只蚱蜢舟被我拨得滴溜溜乱转。

乘舟垂钓

翌日，朝阳初露，长滩岛在夜生活的醉意里还未苏醒，椰林的香风频频吹拂，空气里洋溢着杧果沙拉甜丝丝的味道。清晨的海岛透着迷人的微笑，向我们展示大海的风姿。我们抱着从酒店租借来的毛毯，卷着裤管，趟进海水里，爬上螃蟹船。这是一种独木舟，由两名船员驾驶。前头站立着推拉风帆的水手，后面坐着掌舵的船老大。船老大是用手拉着舵绳掌握航向的，他的眼睛始终望着船帆下那一小片天空。他也许尽凭远方隐隐约约的珊瑚岛的影子来辨别航向。

风很轻很轻，三角风帆婀娜的身姿慢慢溶进清晨的霞光里。天空湛蓝微红，我们的独木舟正驶入她的暖怀。

清晨幽静如水，海也未睡够。西海岸的长长街景隐掩在椰林下，发出轻轻的鼾声。酒店、咖啡屋、海鲜餐馆、摩登休闲帐篷以及各式招牌图案在我们的视线里逐渐模糊，大海碧波上有飞艇拉起的空中摇篮逐渐清晰。红衣少女坐在白色摇篮里唱歌。红白相间的颜色倒映在忽起忽落的波浪里，红的如跳跃的火焰，白的像摇晃的画布。一种淡淡的思绪，一种温馨的浪漫，轻轻地、轻轻地弹拨着我们的神经，和着海风倏倏地灌进我们的胸膛。

我们的独木舟环岛而航。长滩岛遥看是一座墨绿色的小山，寂寥地卧在南洋的浩渺碧波之间。独木舟两旁绑扎着毛竹架子，我们坐在架子中间搭织的螃蟹脚网上。清凉的海水一波又一波地泼涌着我们的双腿，时不时涌上脚网，濡湿了我们的衣衫，濡湿了垫屁股的毛毯，引来我们的尖叫。那两个驾舟的船夫精瘦，皮肤棕黑色，眼睛大而亮，很泰然幽默地微笑着。风帆下海水与海风结伴戏弄着我们，我注意到船夫耳旁的呼呼风声。南洋的海风吹着他们，使他们的皮肤油而亮。

海浪荡漾，小舟飘摇，无边的潇洒，无尽的新鲜感。我这个来自黄海之滨的沙地人，在南洋无垠的海色里浮想联翩。故乡的黄海浑黄苍凉，一望无尽的滩涂将海水推送得很远很远，使我们无法与之亲密，只能望洋兴叹。滩涂上的大米草却长得蓬勃无序，在海风吹拂下翻滚，绿意蹁跹。滩涂上爬满螃蟹，红色的绿色的黄色的，将海滩打扮成粗犷荒凉的模样。海滩较浅处残留着拾荒人辛苦忙碌后留下的脚印。涨潮时，黄海才显露出雄浑铿锵的身影，浑黄浑黄的海浪犹如脱缰之马奔腾而来、呼啸而去，极其壮观。同样是海，同样是海滩，风格千奇百怪，风景亦千姿百态。

乘舟环游一周，我们粗浅阅读了长滩岛的风貌，余兴未阑。船老大将我们的兴奋调制得恰到好处，在岛南端的浅蓝海域处抛锚落帆，并取出钓鱼的渔具。浅海钓鱼，我将缠绕在塑料小瓶上的渔线缓缓放入海水里。这种钓鱼法全凭手感和经验。鱼饵下到三四米深的海水里，有鱼儿咬钩，咬钩动静是极其轻微的。朋友们将渔线不停地拉上拉下，一无所获，而我却意外地钓到了两条巴掌大的小鱼：一条红黄相间的彩色鱼，鱼肚子鼓鼓的；一条淡黑色热带鱼，鱼鳞鲜亮。我钓丢了两条大鱼：一条被我钓住后提出水面时咬断渔钩逃脱了，一条被钓到后往上提拉了半米左右就再也拉不动了。我向船老大打手语，问其有没有捞鱼网兜，船老大笑着直摇头。我与上钩的大鱼僵持了一分多钟，坐在我身边的朋友是个二十多岁小青年，他向我伸出手来说：“让我钓一下！”我正犹豫间，大鱼滑脱了。我们都长叹一声：“可惜了！”

此时，太阳很高了。我们怕晒，就退出钓鱼的竞争，收工了。船老大问我，这两条标志着成果的小鱼怎么处理，我们都说放回大海。看着活蹦乱跳的小鱼被放进海水，看着那条红黄相间的彩色鱼在海水里游动的样子，一种异样的感觉涌上心头：大海是鱼儿的故乡，或因天真无邪被诱捕或因贪婪而受罪，哪一种是可悲，哪一种是偶然？望着鱼儿游向大海，我的脑海中仍有哲思萦绕，久久不能释怀。

海底漫步

“海底漫步！”登上长滩岛后土著人导游就举着牌子向我们兜售这种游戏。看着他们那种执着劲、自豪感，我们都觉得有玩一下这种游戏的必要。玩过才知道这种游戏的刺激所在。

长滩岛和周围的小岛由珊瑚礁构成，海水下潜藏着各种奇形怪状的珊瑚及礁石。无数的热带鱼聚居在这片水域里，海水下面是一个色彩斑斓的世界。如能潜到这种海底世界，就如同来到海洋生物博物馆。接受土著人导游的诚邀，就相当于拿到了去观赏的门票。我参观过城市中的海洋博物馆，看见密封玻璃缸里游弋的鲨鱼鼓突着嘴巴箭一般向我射来，还会吓出一身冷汗。有前车之鉴，所以我试探性地询问导游。土著人导游轻松地对我说：“海底漫步很好玩，没啥危险！”

乘独木舟再次来到海水较浅处，我们戴上了一种叫作潜望桶的装置。

透过潜望桶的窗口我看清了海底世界清爽的背景，那是一幅略带野性的原生态的图画：珊瑚长在礁石的缝隙间，守护着各种海洋生物；无数的小鱼在珊瑚丛中自由自在地游弋，色彩斑斓，红色的如朝霞般漫延挥洒，黄色的如金菊般如火如荼，花纹别致的在水里的每一块方寸之地争奇斗艳，娇艳而不俗，华丽而不庸俗，簇簇拥拥，生机勃勃。我们脚下踩着珊瑚的残骸，手臂旁游弋着五彩小鱼，鱼儿灵动的身姿是它们欢迎我们的方式，一次次地与我们肌肤相触或擦肩细语，生动而不轻狂，亲密而不自卑，其乐融融，其意融融。鱼儿们在海水里争相观看着我们，它们圆而小的眼睛一眨不眨。它们也许将我们看成了移动着的珊瑚礁，它们一定感觉到了我们带给海水的轻微颤动和细微的温度。站在海底，我们就成了一尊尊雕像，任凭海水洗涤，任凭鱼类甄别鉴赏。

海水冷冷地包裹着我，使我的肉体有种柔软的僵硬感觉。自然规律傲然横亘在我们面前，生与死，情与爱，悲欢离合，都在这冷艳的海景里融化。这海底世界带给我精神上的涅槃竟如此震撼。海底漫步，原来是这般无奈又这般超脱。当我浮出水面，重新回到红尘俗世，就像做了一场无涯而又短暂的梦。

乘舟返回西海岸，又有土著人导游摇晃着手里的小小画册嗓音沙哑地叫喊着：“海底漫步……”

第三辑

围炉夜话

当作家自己不能提供新的写作经验的时候，小说从文化边缘地带和地域性历史性的知识与经验的感受中获取灵感和想象，就成为小说的一条救赎之路。

插图：傅钢

读写故乡

每当我读到“自在飞花轻似梦，无边丝雨细如愁”这样的句子，心里头就无端地生出许多感慨来。而“自在飞花”“无边丝雨”却是我们身边常常容易有的，常常容易感觉到的，为什么写到诗歌中就会有那种特别的感觉呢？是不是诗人天生就会描绘，就会信手拈来敷衍成美文？回答应该是否定的，因为诗人不是神仙，诗人也食人间烟火，也吃五谷杂粮，只不过他有生活的基础与写作的天赋。而生活的基础是个人文化的积累，写作的天赋是天才般的悟性。只有胸中藏有“百顷地”，才能喜得“万石粮”。最近，我读到某杂志上一篇描写故乡的文章，心里也就无端生出许多感慨来，不吐不快。

这篇叫作《古镇的寻觅》的文章，文笔儒雅细腻，如一泓清泉在徐徐喷发，水珠飞溅处，霓虹伴随细雾徐徐滑落，弥散着透明的清香。生活的细节，比比皆是，文化的韵味唇齿留香。

这篇文章开头说：“提笔寻觅，心头实惶恐。”作者惶恐什么呢？惶恐自己的写作笔力达不到贴切描绘故乡的功力。所以他敬畏，所以他细心地考证，所以他迟迟不肯动笔，所以他厚积薄发。写故乡，那是文人心头最柔软的部分，就像拿在手心里的一块碧玉，总是小心翼翼，唯恐弄坏了、摔碎了。如果你还没有足够的文化积累和充分的思想准备，千万别碰那种题材，因为故乡在我们眼里的分量实在太重了。鲁迅的名篇《故乡》，他小心翼翼地写故乡的人、故乡的土地、故乡的月亮，他是从最细微处入手的。譬如写海边沙地上的圆月，写少年闰土拿着一杆叉去刺一匹猹，写苍黄的天底下，远近横着几个萧索的荒村，等等。他是贴着故乡的土地写的，他是盯着自己的身影，脚踏实地，看着故乡的小路，寻找着前面的大路来写的。所以他的写作姿势显得很低，很卑微。像鲁迅这样的大家，在写作故乡这种题材时，都是那样谨小慎微，何况我们？所以我觉得《古镇的寻觅》开头低姿态的写法是作者内心真实的想法，也是文章蓄势待发，胸藏“百顷地”、喜得“万石粮”的必然状态。作者深得鲁迅等名家文章的精髓，徐徐起势，缓缓而述，避免了类似于“翻开中国版图，或者于空中俯瞰故乡的土地，她的神奇与神秘，在于伸向大海深处的那个海之角”的粗糙写法，用谦逊的仰视，而不是高傲的俯视。

作者谦逊的写法从开头一直灌到文章的最后，尤其是叙说吕纯阳仙游的故事时，他说：“吕纯阳的传说在古镇家喻户晓，自古至今，千百年来深信不疑，从未有人考证，足以表明吕四人对家园的敬畏和热爱。”这句谦虚的话放在文章的开头，足以说明作者的心智是多么理智和成熟。他没有将故乡的文化标志强加于读者，而只是小心翼翼地阐述：信不信由你。这种写法是实在的、理性的，是脚踏实地的。而有些写法就显得粗糙，显得浅薄，例如下面这种写法：“自小，我听得最多的是吕洞宾驾鹤四次至此云游的故事，一个白发道长，驾乘一只仙鹤，在一片白云的簇拥下，四度云游此地，不来寻梦作甚？”且不说用“作甚”这种西部方言来述说故乡的突兀，就说这吕神仙来吕四就是寻梦，这种强加于人的主观臆断的说法，恐怕读者不相信，连我们故乡的老人们也不承认说过这样的话。同样是文章的开头，起势就有天渊之别。

作文难的不是技巧而是不卖弄。一卖弄，就弄巧成拙。苏东坡的诗写得好，书法也很老到。他的《寒食帖》中有一句“空庖煮寒菜，破灶烧湿苇”，讲的是宋代的意象（空疱、寒菜、破灶、湿苇），好像都是发霉的氛围与感觉，他在字的写法上也从这种意象下笔，接下来又书写了“哪知是寒食，但见乌衔纸”，他似乎看到了乌鸦嘴巴里咬着一张烧剩的纸钱从面前飞过去，这个画面其实是很让人吃惊的。他在书法中也表现出“乌衔纸”的感觉，从毛笔的笔尖到笔根全部用到了。所以苏东坡的书法很特别，让人惊叹。

《古镇的寻觅》中最先叙述的是一条老街，写老街居民的吃穿住，很普通的民居民俗民风在作者的笔下娓娓道来，其间笔锋一转，细述老街深藏着的民俗文化——楹联书法。他说老街上有写得好的书法先生，但接着又说外聘了隶书写得好的张老先生，还有写得好的书法爱好者隐藏在各家，且很少示人。就是说吕四古镇的民俗文化很深厚，有传承但不张扬，很内敛、很谦虚。这种写法使人想到苏东坡的写诗写字，含蓄而藏深，文化韵味很浓，让人想象且深信不疑。这些描写故乡特色文化的细节很让人玩味，值得记忆。他接着写古镇的桥、古镇的沙船、古镇的民宅、古镇的贝壳坑、古镇的庙、古镇的树。一桥一船一宅一坑一庙一树，由浅入浅，由深涉深，细细道来，细腻而不繁复，生动而不虚妄，生活的滴滴细流湍湍汇聚成深潭，由潭而入海。生活的细节和民俗民风民情交织编缀成特别的故乡风情，纷至沓来，故乡的风物岁岁绵长，故乡的人情款款演绎，如春风化雨，点点滴滴……那棵银杏树也在他的叙述中复活了、神话了：“普陀山的老僧听到吕四方言，十分欣喜，合掌询问银杏树可好，渔民答好着哩。老僧说这棵树是城隍庙高僧祖师方丈所种，有五百多岁了。”这种叙述、这种神话却让读者觉得可信、有趣。作者最后却用谨慎的口吻说：“但传说毕竟不是事实，只有古银杏树和石牌坊能留下千百年的风霜痕迹，哪怕石牌坊已毁，石材肯定仍掩藏在某个角落。”是呀，古时的遗迹只剩下银杏树了，关于吕四的传说还能证明吗？可作者已经用许多吕四的民风民俗民情的生活细节告诉我们，这些都是真实可信的。一个古老的、丰富多彩的吕四古镇活生生地树立在读者眼前，印记深刻，难以忘怀。这篇关于吕四古镇的文章也许将来会常常被人提及、欣赏，散发文化的魅力。

我要感谢该杂志为读者刊登了这篇好文章。同时，也虚心向作者学习，学习作者写作的平静之态和谦虚的笔法。我也要学习作者厚积薄发，静心埋头读书，静心埋头写作，积累写作的胸中之气，抒发热爱故乡的情感，给读者以惊喜。不要夜郎自大，说到写故乡，就乱用丽词，乱用“辟吾草莱，启吾东疆”这样的语言。更不要一写故乡，就是“拓荒者”“青纱帐”那种丝毫没有特色的描写，更不要将平凡的故乡人描绘成“某某部落”。其实，读一篇文章，要想评论它，是很难下笔的。不管是读到好文章还是孬文章，欣赏一下，或者吹毛求疵地议论一下也就算了。就像我文章开头引用的秦观的诗“自在飞花轻似梦，无边丝雨细如愁”那样，读到好的，很想形容它的好；读到差的，很想指出它的差。但要写出有说服力的评论文章，好像又气力不足，文章的好坏其实是很难用语言说得清楚的。有一种美叫作“耽溺”。李白的美不耽溺，他的诗歌只会让人开怀大笑；李后主的美有一点耽溺，他的诗让人哭又哭不出来，因为胸中有千丝攀藤的愁；李商隐的美有一点耽溺，因为心中有悠悠的愁与喜，有情感交织和落差；白居易的美有一点耽溺，因为他会使你往往大哭一场后又思绪绵绵缠绵不休；秦观的美，美在将一种蛮庸常的情境定位到这么清楚。回想一下很多人所写的诗，难以达到这种精确，这种化庸常为经典的程度。譬如，有的人乱敲“回车诗”，甚至有的敲击成瘾，将许多情景许多现实许多故事通通塞进他所谓的诗行里，长长一大串，臃肿一大堆，洋洋数千行。请问，这是诗吗？

回到写字作文的现实中来，也许我们都在迷中。《红楼梦》的《葬花词》中有这么一句：“花谢花飞飞满天。”两次重复花，两次重复飞。从白居易到秦观，再到曹雪芹，都使用了花、梦、飞这些字眼，一个是唐诗，一个是宋词，一个是清代小说，我们看到有什么变化吗？其实变化只是一点点。“无边丝雨细如愁”，好像有雨，又好像没有雨，细细飘落，雨变成丝；唐朝的李商隐就写出“春蚕到死丝方尽”，丝变成一个象征；李后主讲“剪不断，理还乱”，丝变成了愁绪。所以中国文字千变万化不离其宗，那就是抒发一种情绪。写文章，尤其写故乡的文章，如果没有这种化普通为神奇的本事，光夸夸其谈，光使用丽词靓句，光使用不合时宜的形容词，甚至变形变态的比喻，那是写不出让人信服的东西来的。最后，我们要向虚心学习、认真写作的作者致敬，期盼他写出更多描绘故乡的优秀之作。

读苏州文人

因为我有在苏州工作十多年的经历，对苏州的文人就有了些关注与了解，也读了一些他们写的小说。

苏州历来出美女，如陈圆圆、董小宛、李香君、曹梦兰（赛金花）等，《红楼梦》里的林黛玉更是楚楚动人，有种病弱的美。上海文坛描写苏州女人的有韩邦庆的《海上花列传》，其书通篇皆用吴语方言，可谓吴侬软语集大成之奇书。我有幸从观前街淘得此书，读了一半实在因其语词太苏州土话而读不下去。著名作家张爱玲却深爱其书，她在晚年特将此书改写成普通话出版，可见此书的价值非同一般。此书着力描写清末妓女的生活，是当时贫富悬殊、贵贱分明的社会生活的真实写照，刻画了性格泼辣外露的沈小红、放荡风流的陆秀宝、懦弱平庸的张蕙贞、自怜自伤的李漱芳、诡秘阴险的杨媛媛等各种底层女人。因用苏州方言书写刻画，读者更能透视苏州女人及其所生活时代的风俗俚语的神韵，可惜我对苏州方言俚语了解不深切，没能尽赏其书的风采。与苏州有缘的古代文人都以描写苏州园林为题材，如归有光的《沧浪亭记》、文徵明的《拙政园记》、翁覃溪的《跋拙政园记》、吴梅村的《咏拙政园山茶诗》等厚重之作。我读过沈三白的《浮生六记》，沧浪亭的美景如诗如画逼真浮现。再远推至明清时期的大家，冯梦龙写作《喻世明言》《警世通言》《醒世恒言》这“三言”，集古代通俗小说之大成，题材广泛，想象丰富，有着深刻的社会现实意义，读来饶有兴味。读过这些文人雅士的文章，再游览苏州园林，自有一种文雅之气萦绕于胸，使我在观赏中一步一景都有韵味。

近现代文人描写苏州的太多了，如著名作家王蒙的《苏州赋》，曹聚仁的《吴侬软语说苏州》。从苏州的小巷里走出来的陆文夫，写出了浸透苏州水乡醇味的《小巷深处》《美食家》等精致的小说文本，而被同道中人赞誉为“陆苏州”。在当今文坛上美誉正盛的苏童，写出了《妻妾成群》《红粉》等灌满江南风味的佳作，风靡一时。还有范小青的《裤裆巷风流记》《城市表情》、朱文颖的《水姻缘》，都以描写苏州人物风情见长，为续写江南故事留下了精彩的篇章。

范小青的小说给人一种平实中蕴含真情、细腻中饱蘸哲思之感，读者每每从生活的一点一滴中透悟出人情冷暖厚薄，参悟出做人的艰难、命运的坎坷、世情世相的本真。读她的小说，要静下心来，细细揣摸，心里似有一条款款流淌的小河，鱼翔浅底，碧波揉心。她的小说与上海女作家王安忆的作品似有风格相似之处，但又各有长处。她的小说描写的大都是底层小人物，看似波澜不惊的生活世相的描摹，没有惊世骇俗，没有炫耀，没有众生喧哗与噪动，没有浮光掠影的夸张，但如铁锤打钎，句句打在钎杆上，发出好听的铿锵之音。我就是在静静地倾听了这好听的声音以后对她的小说产生了喜爱，有了“粉丝”的感觉。近年来，她的小说愈来愈受到世人的肯定、欣赏与追捧，连连获奖，这证明了我的感觉是正确的：好的小说，是经得起时间的磨砺的。在江南苏州她的第二故乡，她是自陆文夫以后苏州文坛最新的领军人物。

记得范小青在一次有关文学创作的讲座中，回答过关于当下城乡差别的看法和解决办法的问题。

她说，这是一个很难回答的问题。作为文学工作者，应该关注这道难题。我国是农业国，在向工业化、现代化转变的过程中必然会出现城乡差别。许多农村青年向城市转移，追求城市人的生活，就逐渐形成了农民工群体。而他们的生存是艰难的，将面临上城市户口、孩子上学等困难。我们要关注这一社会群体，反映他们的生活，这是文学工作者要关注的领域。

我们要通过文学的形式来描写农民工的生活，反映这个时代。农民工为城市建设付出了很多，但他们的生存状态很差，如何关心他们，改善他们的生活，是摆在政府面前的大题目。我们要做农民工的朋友，多写反映农民工生活的作品。写农民工生活是个题材，写农村人生活更是个大题材。我们要贴近乡村，贴近基层，多写农村题材的作品。乡土文学是永恒的主题。世界上许多著名作家都是以写乡土文学为一生写作主线的，他们的成名作也大都是乡土文学作品。她说的话是真实的可信的。她说，我们作为作家文人，无法解决城乡差别、农民工问题，但我们和他们都是兄弟姐妹，都在追求现代化的美好生活。我们要倾听他们的心声，写出他们想看的故事。在文化艺术中，让他们共同享受快乐……范小青的话很真情，她是有乡土情结的作家，在她的许多作品中都饱含着浓浓乡情。她的小说《城乡简史》就是她用小说的形式对城乡之间的差别及农民工进城后生活现状的一次透视与描述。

小说是世情的描摹，要贴近社会现实，写出小说中人物的家庭的甚至社会的国家的命运。它所寄予的社会情绪、世俗百态、人生哲理，是厚重的沧海桑田式的，所以它是厚重的文学载体，马虎不得。范小青的《城乡简史》运用一种近乎寓言的形式，以城里的一个叫自清的人寻找一部账本的故事，讲述了城里人与乡下人之间生活质量的巨大的差别与人生在这种差别之下的认知与曲解，透视出乡村的落后与生活的艰辛：乡村的人宁愿背井离乡也要奔向城市，宁愿在城市拾垃圾卖废品，也不愿回乡村。这篇小说写得很细腻，全篇浸蘸了社会底层人们生活的原汁原味，细节生动，非常真实。小说留给读者的思想空间也十分宽阔，是现实主义小说的优秀之作，有很大的阅读价值，能够给读者以思想方面的震撼与收获。

读《时光里的时光》

故乡沙地几位青年作家几年前出了一套《启东文丛》，昔子的书是其中一本。

昔子的新书《时光里的时光》读完了，是每天读几篇，很惬意地读完的。读昔子的书很容易上手，也很容易下手，阅读过程很惬意很轻松。读这样的书实现了读书的原色调，就像昔子那本书中描述的生活一样，一种随和的、温馨的、有点散漫、有点执着的那种文字游戏，在心中花儿一样慢慢地开放。

我这半年像所有喜欢写作的朋友那样，固执地坚守在爬格子的岗位上，写小说写得晨昏颠倒。尤其是写长篇小说，基本上是在时光的隧道里漫游，前面是否有出口自己根本没有把握，也许能看到一点点光亮，那也是漫漫征途上的小小幻觉，也许从头到尾都是朝着一个错误的方向前进，前途一片黑暗。可我还是一如既往地坚持着，仿佛自己就是那个雕刻在历史文库里的人，正在制作经典。阅读昔子的书，使我获得意想不到的自我救赎。文章原来可以这么写，生活原来可以这样过。昔子发现了人生的密码，就是她文本开头的两个字——时光。这两个字从头叙述到结尾。

书的开头，昔子写道："时光。我爱极了这个词啊。时光，嘴唇的发音形状完美，像一声询问，像是在完成一个追寻，发音会有耐人寻味的余音，两个字就能写成一本书。"书的开篇就阐明对时光这个密码的发现。

临近书的结尾，昔子再次写道："我的眼睛恢复了光明，心也再次清明如镜。"告诉读者发现密码和认识密码并享受时光的恩赐，需要我们的眼睛和心。

昔子的时光密码告诉我，写作和生活一样，应该是原色调的，不可以也不必牵强附会。写不出时不要硬写，硬写那就是辜负了写作的宗旨，写出来的东西也许是一团生活的乱麻，那有什么意义呢？还不如听听音乐，读读昔子的书来得惬意清新。昔子的书很好读，也给人一点小小的牵挂，那就是继续阅读的牵挂。在这个讲究速度追求物欲而不太喜欢书本阅读的时代里，有能够勾起阅读兴趣的文章或者书本已经是非常不易的事情了。就像我喜欢读四大名著，读古典诗词，读三毛的散文。昔子的书的行文风格有点像三毛，淡淡的、轻松的、悠悠的、静静的，文意不深但没有做作的伪装，春风细雨润物无声风轻云淡的那种。解开生活的密码，悟道人生的哲学，那不是一件容易的事。昔子从"角里"（上海朱家角）出发，探索了一下这个命题。这本书有答案在里面吗？当你读完这本书，联想到历史，会发觉多少风云变故，多少浩繁逸事，多少英雄豪杰，多少美人佳偶，如星空，如烟花，都纷纷湮没在尘埃里，只有淡然的平凡的生活还不离不弃地留在人间，这时，你也许就会体会到书中的含意。

淡淡的书卷味洋溢着浓浓的生活情调，这样的书有点让我爱不释手。我在阅读欣赏的时候，并没有感觉到昔子文字的做作、辞藻的华丽，也没有激动人心的话语，可是读来却舒服畅达。其实，这是昔子保持文本的风格和故事的风格相协调的一种创作手法，平和中包含思想哲理，笨拙中融注文字规矩，淡淡的句式中有浓浓的味道。不做作不牵强并不代表文字的浅显和幼稚，相反，全书篇目相互衔接，交代人物背景清清爽爽，文字干干净净……这已经很老到了。

读《跑步穿过中关村》

有一年参加故乡文学创作读书会，文友之间交流了读书心得。读书读到新锐小说家徐则臣的小说《跑步穿过中关村》，我有了许多体会。

“她住在知春里，敦煌过去要穿过大半个中关村。”

这是徐则臣《跑步穿过中关村》这篇小说里出现的一句话。其实，这句话在整个小说里出现的频率很少，小说里的“她”也只是小说中简单提及的一个被“锁”在高楼里的如金丝鸟般生活的女孩。作者却因了这个生活片段将其作为这篇小说的题目。我认为，这聚焦了这篇小说的思想内核，即主人公敦煌疲于奔命的缘由在于寻找支撑他生命的温暖之地。

主人公敦煌的生活在整个小说里呈现了一年多，在这段日子里，他为了生活，从事贩卖碟片的营生，这是生活在大都市里的一群底层人干的营生。他在这个底层人的圈子里结识了夏小容、七宝两个年轻女人，也看到了需要他穿过中关村去为她送碟片的“金丝鸟”女人，这是个看似生活奢侈优雅，其实精神空虚，被包裹在烦躁、焦虑、颓废、无暖意、冷漠生活里的那种女人。他从那些女人的生活里渐渐接触到了那种叫作“北漂”的寄人篱下的底层年轻人的絮絮叨叨的关于青春、爱情、家庭的精神世界。

这篇小说结构精巧，语言流畅，具有文章大家的风范。我认为如下几点给我的印象最深刻。

1. 现实主义的写作方法触到了经济大发展时期现代城市的痛处

作家史诗意识的觉醒与生活积累、艺术功力的增长，能够再现某一阶段的社会历史面貌，能够表现比较强烈的时代精神，具有纵深的历史感和时代感，具有比较宏伟的结构和全景式地反映社会生活的特点，注意创造具有典型意义的艺术形象，显示出作家的社会责任感和历史使命感，也显示出作家多样化的追求。现实主义的写作方法，就是这种艺术追求的体现。徐则臣的《跑步穿过中关村》通过描写小人物的生活场景，一滴水映世界，透视了经济大发展时期现代城市里一群被弱化、被边缘的人的真实景况，唤起社会对这些小人物的同情与关爱。

读完小说，我们并未因为小说中的敦煌及几个女人的很俗气的生活而产生对他们的嫌弃或者鄙视，从他们身上我们联想到城市崛起、乡村衰落、失地农民、打工族，这些刺眼的字眼会随着阅读不断地在我们眼前晃动，刺激着我们的神经。我们没有理由嘲讽他们，嫌弃他们。这篇小说就是提醒人们：经济发展了，城市辉煌崛起，隐掩在高楼阴影下的弱势人群的生存状况正在恶化，我们不能视而不见。

2. 贴近社会底层的写作真实可信，给人酣畅淋漓拍案叫绝的感受

徐则臣的《跑步穿过中关村》，贴近生活，写法细腻，真实可信。

好的小说，除了具有语言优美、结构严谨、写作手法新颖、思想深刻等特点外，还有就是小说艺术的真实性。只有小说艺术是真实的，才能高人一筹。

小说艺术的真实性粗看起来好像是个伪命题，很难理解。小说总体来讲是虚构的文本，小说可以写生活中没有发生过的事情，甚或写希望将来发生而也许没有发生的故事。“花非花”但并不等于没有“花”，小说的艺术真实其实就是我们的“心中之花”。小说所构建的艺术世界，必须禁得起生活经验的烛照检验。生活经验就好像是一面镜子，照彻着小说故事里的每个角落。如果我们写出的小说脱离了生活经验，甚或是小说中的某个片段某个细节不符合生活的真实，让读者看出了虚假，那这部小说就会降低它的可信度。小说禁不起生活逻辑的推敲，就将成为无本之木、无源之水，如沙滩上的楼阁，一推就倒。因此，艺术的真实性是小说的生命。徐则臣的《跑步穿过中关村》，将寄居在大城市的边缘人敦煌及他的伙伴们的生活细节、思想情感甚至两性生活等都极细致地叙述出来，生活的原生态，平凡，实在，都是生活中有的，且情节连贯，有滋有味，非常真实，读来酣畅淋漓。所以，这篇小说的可信度非常高，艺术水平也非常高。

3. 小说结构严谨，从“穿越”到“穿越”，完成一次生命的涅槃

这篇小说从敦煌被警察追赶流落街头，遇到卖碟片女人夏小容并被其同情“收容”开始，到敦煌因卖碟片被警察抓捕入狱结束，一年多的卖碟生涯，闪电般地完成了一次生命的“穿越”。敦煌的“穿越”没有成功。敦煌生活虽然很清贫、窝囊、窘迫，但他也爱过、恨过、温暖过。他的精神世界变得清爽、单纯，让生活中有了一点点暖意，有了盼头。他甚至为占有了好友保定的前女友七宝而感到不安。小说就像有一根丝线，将敦煌与夏小容、七宝、骨感女人、“金丝鸟”女人一一串接起来，使他的生活变得多姿多彩。敦煌的“穿越”是主线，小说将其与夏小容等女人的奇遇串起来，结构严谨，故事好看，给人原汁原味的感觉。

读《受戒》

前几年的一个春天，几位故乡的作家朋友聚在一起闲话神聊，其中谈到了江苏老作家汪曾祺的小说。现在回忆起来仍津津有味。

读汪曾祺的小说，让人觉得有一种文体的美，那就是一种浸透着作者诗意的人情世故之“味”。他的书面叙述语言平淡简约又含有诗意，就是那种“既雕既琢，复归于朴”，化简约为神奇的文字。因此小说的“味”来自于艺术雕琢的叙述，而并非来自故事或者人物的传奇经历。读他的小说《受戒》，从小说的起始就用这种很简约的语言，来轻松地描述小和尚明海出家的原因和这块地方的世态人情，娓娓道来，不咸不淡，近乎拉家常，小和尚出家后的法名也是简简单单从他的小名演绎而来。这种看似轻松随意的书写，其实很能体现小说中明海那既清纯又不受拘束的性格特点，也便于让读者很快记住这个小和尚的形象。明海在跟着舅舅出家去当和尚的路上就碰上了小说中特别出彩的乡下小姑娘英子。这样的安排非常自然也非常聪明，使小说的开头就埋下伏笔，具有无法复制的张力。明海坐着，小英子也坐着，在同一艘渡船上，仿佛在“渡”中小和尚就开始还俗了，并且由这个小女孩径直询问关于出家或者还俗的问题。

小英子在船上问明海：

“是你要到荸荠庵当和尚吗？”

明海点点头。

“当和尚要烧戒疤呕！你不怕？”

明海不知道怎么回答，就含含糊糊地摇了摇头。

“你叫什么？”

“明海。”

“在家时候？”

“叫明子。”

“明子！我叫小英子！我们是邻居。我家挨着荸荠庵。——给你！”

小英子把吃剩的半个莲蓬扔给明海，小明子就剥开莲蓬壳，一颗颗吃起来。

大伯一桨一桨地划着，只听见船桨拨水的声音：“哗——许！哗——许！”

请看好，这段诗意的开头与小说中明海与小英子的交集始终充满着看似平凡其实很有“味”的禅义。

小和尚明海出家后跟大和尚舅舅学文化念经文，也学会了画画。明海是个资质聪颖的人，尤其画画得好。小英子就把明海请到家里来，并给他磨墨铺纸，小和尚画了几张，小英子的姐姐大英子喜欢得不得了……小英子就像个书童，又像个参谋：“画一朵石榴花！”“画一朵栀子花！”她把花掐来，明海就照着画。到后来，凤仙花、石竹子、水蓼、淡竹叶、天竺果子、腊梅花，他都能画。大娘看着也喜欢，搂住明海的和尚头：“你真聪明！你给我当一个干儿子吧！”小英子捺住他的肩膀，说：“快叫！快叫！”小明子跪在地下磕了一个头，从此就叫小英子的娘做干娘。

读到这里，看到小和尚与小英子的关系非常亲密，到后面小英子要小明海脱下僧衣还俗也就水到渠成了。

小说中还细腻地描写小英子喜欢小和尚，继而在邀明海下田采荸荠劳动时故意踩明海的脚。这一非常有趣也很含情感的动作，表露出小姑娘的天真可爱与对明海的真情流露，既自然又有生活的“原汁原味”。小和尚明海呢，终于被小英子的真情感染。

她挎着一篮子荸荠回去了，在柔软的田埂上留了一串脚印。明海看着她的脚印，傻了。五个小小的趾头，脚掌平平的，脚印细细的，脚弓部分缺了一块。明海身上有一种从来没有过的感觉，他觉得心里痒痒的。这一串美丽的脚印把小和尚的心搞乱了。

小说《受戒》的含义是小和尚出家，但在不经意间，小和尚的“受戒”只是一个形式，真正的“受戒”是小和尚明海的还俗。当明海“受戒”后走出寺庙，小英子就来接他。在回小英子家去替乡下人画画的路上，小英子问明海出家后当不当方丈，小明海说不当。小英子用小船载着明海在芦花荡里走着，忽然把桨放下，走到船尾，趴在明海的耳朵旁边，小声说：

“我给你当老婆，你要不要？”

明海眼睛鼓得大大的。

“你说话呀！”

明海说：“嗯。”

“什么叫嗯呀！要不要，要不要？”

明海大声地说：“要！”

英子跳到中舱，两只桨飞快地划起来，划进了芦花荡。

读这样的句子，读这样的小说，我们就像在读一首漂亮的诗，充满诗情画意。汪曾祺的小说，语言是诗意的，行文是散文化的。他的写作不推崇宏大叙事，而执着于表现底层社会的世俗风情。有小说家曾经说过，小说之所求，不就是创造人物吗？小说成功与否，往往要看掩卷之后，书中人物能不能跑出来，能不能立得住。一般有特色的地域文化只是一种表象，只有进入一个地方人的集体性格的文化才是不可逆的。它是真正的精灵。

之于小说创作，它的叙事时间、人物视角、形式结构、叙述语言等方面，就有许多新的“窗口”需要打开。我们的艺术表现手法，我们创作上的探索还是远远不够的。譬如小说中运用中国传统叙述如说书人身份、结构形态、意象创造、语言运用等方面，还有许多丰富的经验没有借鉴等等。像汪曾祺小说那种具有诗意的意境的小说，那种具有强烈美感的艺术类型小说，现在渐渐消失了。读汪曾祺的《受戒》，仿佛又在重读二十世纪八十年代中后期的寻根小说，我们的作者是否能够用一种传承的思维，透过现实的藩篱，看到社会人生的本真，深入到历史和文化的土壤中，对中国现代人的生存状态，有一种更像寻根的，更真实、细腻的表现。文学的使命，就是要找回中国传统文化的生命元气。

汪曾祺小说的魅力，一言以蔽之就是——有味。汪曾祺的小说“返璞归真”，返回自然的本真。他的文笔简约和淳朴，是否也是叙述中国经验的一种写意与创新？如果我们只是喜欢工笔胜过写意，只是喜欢油画胜过水墨画，只是喜欢浓稠强烈的色彩和高度饱满的腔调而不喜欢含蓄蕴藉或者淡泊明志的低吟浅唱，那我们的小说话本中岂不缺少了许多优美的篇章，而变得清高和寡而不接地气？

读《地球之眼》

经朋友推荐，用几天时间阅读了北京几位青年小说家的小说，其中一篇《地球之眼》令人难忘。

阅读《地球之眼》，最大的收获是看到了一篇很贴近现实、贴近生活的好看的小说。

写贴近生活、温暖人心的诗意之作比较适合现代青年人的阅读口味，尤其是那些爱情小说，被涉世较浅的青少年追捧迷恋。但这些看似热闹的爱情小说对成长中的年轻人是没有多大益处的，倒是描写现实生活的真诚之作令人刮目相看，也令人振奋。作家们不再有信心肯定什么，似乎也没能力把一种美与善写得真实、可信——可以说，这也是二十世纪以来世界文学的常态。一个写作者，如果只看到生活的阴暗面，只挖掘人的欲望和隐私，而不能以公正的眼光对待人、对待历史，并试图在理解中出示自己的同情心，他的灵魂视野终归是残缺的。因为没有正确的历史观，不懂得以宽大的眼界看世界，作家的精神就很容易陷于偏狭、执拗，难有温润之心。《地球之眼》不露声色地描写了一个青年在“暴露生活尖刻的、阴暗面”这种生活的暗流下顽强地历练、顽强地成长的故事，对我们这些平头百姓的阅读“刺激”无疑还是巨大的。《地球之眼》中讲述的是“我”——那个名叫庄博益的人，在不经意的生活偶遇中所发生的故事。与庄博益有交集的人主要有其同学安小南、李牧光，这两个人特殊的生活经历及其所反映的社会现象，使我们能够洞察到社会现实的污秽之处。小说用一种生活的循环流转的内在逻辑，让读者从主要人物安小南身上看到清浊共存的环境中青年的成长过程，从李牧光、林琳、郭雨燕等的出国留学经历看到如今的世界所呈现出的一种跨国生活万花筒般的人生世相，进而呈现了发生在青年人身上的流转轮回般的奇遇以及关于“道德与非道德”“迷惘与求真去浊”的故事，这些故事环环相扣且意味深长，值得一读。

《地球之眼》中叙述者“我”的女友小张有一句话，她说：“不要试图给自己的每个举动寻找意义——累不累啊？我和你的那些女人相比，唯一的特殊性就是恰好在你即将折腾不动的节骨眼上插了进来，相当于击鼓传花的最后一棒。”这句话虽然说的是“我”和女友之间的恋爱与结婚成家问题，但也可以注释《地球之眼》的含义，在生活的无意之中，“我”结识了一个性格特殊的人物安小南，也曾为安小南的生活提供过帮助；在无意之中，“我”也曾经帮助了一个叫作李牧光的同学。也许就是这些看似很轻飘飘的奇遇式的帮助，其结果竟然引出了一个个关于“道德”的触目惊心的故事。然而，就是那个被“我”的女友小张评价为“老实货色”的安小南，后来表现出了最奇特的闪光点，也差点让有一颗怜悯之心的“我”卷进浊流和“风暴眼”之中不能自拔。小说通过叙述者“我”之眼透视出社会的“地球之眼”，看清了社会生活之中的因果，分辨出善恶美丑。科技层面的探头扫描显示出的是物体的表象，心理层面的道德扫描与去污去浊才是真正的心灵之眼的洞察。安小南虽然经历了人生的曲折艰辛，但最后在朋友的情义与道德的大义之间还是选择了后者，这是一种人性的回归。安小南最后隐居在社会的最底层，虽然生活重新回到清贫，但是他心理上完成了对“道德”的追求，解答了他父亲因“道德”的沦落而去世的关于“道德的问题”。作为小说的整个参与者、旁观者的“我”，也在这些故事中看清了两个同学的“浊”与“清”。社会生活就像一面镜子，照出光明与黑暗，照出美丽与丑陋。

道德是心灵之镜，照彻着自己，也照彻着世界。“我”在遇到将被卷进道德层面的“风暴眼”的困境时，终于选择了保护身为打工者的同学安小南而鄙弃靠贪官父亲暴富的同学李牧光，并甘愿不暴露安小南的行踪与之“相忘于江湖”，“我”的灵魂与道德一起得到提升。

《地球之眼》所写的故事很精彩，叙述方式也很得体，人物塑造与小说的结构也比较新颖，为小说的叙事艺术打开了一个窗口。只是在塑造李牧光这个人物时，关于其在国内高校读书患“嗜睡症”还能混到文凭的描写稍显夸张。

读《最慢的是活着》

那年春节，我啃读了阿根廷作家博尔赫斯的散文集及小说集，感觉到了文学大师的文字灵动、优雅、精彩。他的语言贴着土地行走，缠着老树生长，是青翠欲滴的枝枝蔓蔓，是总能牵着你的手缓缓往前走的向导。读过了外国人的著作，再拿起中国人的书，就有一种东方情结缓缓系上心头，好像心绪又回到祖国大陆古老的土地上，听山林小鸟的鸣叫声、乡村的私语声。与外国作家不同，中国作家的眼光往往收得较紧，喜欢往心窝里钻，淘选自家屋里的老古董老物件，让读者跟着文本回转身来看过去的人文历史，拓展读者的内视力。鲁迅文学奖已经评了七届，许多获奖作品我都没好好细读。书案上有一本第五届鲁迅文学奖获奖作品专号放置已经有些时日，也一直未细读，当头的一部小说叫《最慢的是活着》，就是这种内视力阅读的最好代表。

开始读《最慢的是活着》(以下称《最》),以为是在读余华的《活着》,但又有点不同。因为余华的《活着》对我的影响太深了,余华的语言很独特，土气但精练，尤其是人物对话，简洁、明白、朴素；语言有吸引力，留白的地方很多，让你去想象。而《最》的语言很平淡，开篇的几段几乎要抓不住我了，有点老生常谈，细细碎碎的故事铺垫，有点啰唆。我有点怀疑这小说的分量，哪里像鲁奖的作品，且是鲁奖头名作品？难道中国人的阅读欣赏眼光真的降低了？好作品的灵光在哪里？我就是以这种挑剔的、怀疑的眼光，耐着性子读下去的。读到第八小段，我才有了些感觉。作者细细讲述的是她和奶奶的故事，作者写得很细，在写作手法上是贴着“我”写，且生活细节很真实，尤其是写她对女孩子的恋爱婚姻的观点，从“任性”不检点的乱轧男朋友，到认同她奶奶的找男朋友要“认真”的传统观念的转变。她们之间的一段对话很有意思（为了读得明白，我将原文的第一人称改成第三人称）：

“没事不要回来了，我和你妈都挺好的，不用看。”奶奶说。

“多看看你们还有错啊。我想回来就回来。”她说。

“要是回来别带男人，自己回来。”

“为什么？不过是朋友。”

“就因为是朋友，所以别带来。要是女婿就尽管带。”奶奶说，“你不知道村里人说话多难听。”

“难听不听。干吗去听！”她火了。

“我在这村子里活人活了五六十年，不听不中。”奶奶说，“你就别丢我的人了！”

“一个女人没男人喜欢，这才是丢人呢！”

“再喜欢也不是这么个喜欢法。”奶奶说，“一个换一个，走马灯似的。”

“多了还不好？有个挑拣。”

“眼都花了，心都乱了，好什么好？”

“我们这时候和你们那时候不一样，你就别管我的事了。”

“有些理，到啥时候都是一样的。”

“那你说说，该是个什么喜欢法？”她挑衅地说。

奶奶沉默。她料定奶奶也只能沉默。

“你守寡太多年了。”她犹豫片刻，一句话终于破口而出，“男女之间的事情，你早就不懂了。”

静了片刻，奶奶轻轻笑了一声。

“没男人，是守寡。”奶奶语调清凉，“有了不能指靠的男人，也是守寡。”

“怎么寡。”她坐起来说。

“心寡。”奶奶说。

她怔住。

《最》的这段对话很精彩，吸引了我。这是老一辈女人用切身经历或者经验，来说服教育年轻一代女人：做女人必须“慎重”，否则会一生不受用的。奶奶的那句“心寡”，仿佛一记重锤，重重地敲击在年轻的不安稳的女孩心上。至于老奶奶如何“心寡”的故事，则在小说最后，老奶奶在其去世前最后的日子里巧妙地告诉了小孙女。这段对话和老奶奶教育小孙女的故事，我认为是小说最好看的地方，因为，在文坛，曾出现了一些用“下半身写作”的时髦女作家，那些作品只是用女人的身体做噱头，十分庸俗。而《最》却以细腻的家庭生活来表述传统的理性的“做女人”的道理，确实是抓住了文坛上许多作家和评论家的眼球。作者乔叶又是个出了名的青年女作家，她的这部小说在这些人的眼睛里就格外厚重起来。

从第八小段开始，我的兴趣就浓郁起来，读得精细了。在这一段里，作者在“心寡”上做文章，她终于遵循奶奶的传统思想寻找到了理想中的男人“董”，这个叫“董”的男人对她说了一句话：“长相脾气都在其次，我觉得你特别的懂事。”作者也终于从总是与奶奶很“拧”的叛逆性格中转变过来，这里是她做人的转折点，因为做女人要做歪了，那女人就会一辈子不受用。在奶奶“迂回曲折”的教育下,她终于寻找到了一个好男人。奶奶说：“这闺女这般好命，算修成正果了。”

奶奶还说：“真是人憨天照顾。”

奶奶的这句话，我认为是对作者乔叶的最好褒奖。乔叶的小说也就在这种很贴近生活的“憨”的写作中获得了成功。

从第八小段开始，她确实写得很顺。奶奶的人生很普通，但很认真，普通到吃饭穿衣睡觉发呆，在大孙儿家二孙儿家轮转着吃饭装糊涂，睁一只眼闭一只眼；身患重病受到孙子孙女照顾安然脱离脑瘤危险，平平淡淡却很幸福地生活着，慢慢度过那些细细碎碎的日子，平平静静地活到年老去世。作者就是这样很自然地记述了奶奶的一生。我总觉得这是一篇纪实小说，没有很抽象的地方，也没有小说所应具备的丰富的创造性，更不是那种很飘逸的、气势磅礴的如美国作家海明威的《老人与海》那样的东西。我将《最》又慢慢地浏览了一遍，确实感觉不到外国作家笔下的那种风采与神韵。但是，小说的颜值并不是以风格的雄阔与细腻来区别的，小说风格雄阔豪迈当然可喜，小说的精致细腻也是美感较强的一种。如果说海明威的小说《老人与海》是高山大河，那么乔叶的《最》就应该是精致细腻的盆景。总之，盆景也很美，小说细节真实，虽平平淡淡但能打动人，就是好小说。

读一座山的巅峰

读了《孙子兵法》，再读其他兵书，几乎没有人否认，孙武是一座山的巅峰，是一条河的源头。在阅读这部书时，很自然会想起孙武秉烛著书的情景，也会想起他率领一支劲旅鏖战沙场叱咤风云的威武样子……在很多文献与古籍里活着的孙武就会在我们面前变得清晰起来。

穿越两千五百余年的时空，我们走进了春秋时代。我们仿佛看见一个血气方刚的青年，正从齐国的崎岖小路上向吴国踽踽走来。北方战乱频仍、动荡不安，南方君主开明、政通人和、广揽人才，这是他决定奔吴的主要原因。来到吴国后，他隐居山中，躬耕农作，并把大量精力和时间用于研究兵略，撰写兵书。他"大隐隐于市，抱滕待啸"。后来，他结识了吴国名将伍子胥，并引为至交，与之纵论时政，探讨兵法。后伍子胥推荐他"以兵书见吴王"，才有了他"吴宫教战"，又被吴王拜将建立了破楚入郢、北威齐晋、南服越人的赫赫战功。功成名就后，孙武又"飘然归隐"终老吴地。从"避乱奔吴"时的"隐"到功成名就后的"隐"，是孙武走过的人生轨迹，也是他的心路历程。前一个"隐"，是身"隐"而心未"隐"，后一个"隐"是身心俱"隐"，是彻底的"隐"。可见，孙武是一个淡泊名利的人，视高官厚禄、荣华富贵、名利地位如粪土。他一身正气，两袖清风，隐没在远离尘嚣的人间烟火之中，真是个有大智慧的人啊！

《孙子兵法 · 计篇》中有这样一段话："将听吾计，用之必胜，留之；

将不听吾计,用之必败,去之。”其意思是说:我的用兵之策,你如果能接受,我就留下发挥作用;如果你不能接受,我就马上离去。他说得很干脆,这说明他是一个充满自信又说话直率之人。读《孙子兵法》仿佛是在读一篇有大境界的优秀美文,字里行间文采斐然,文笔优美,妙句频出。他谈兵论战总是浮想联翩思接千载,对一个问题的演绎总是由表及里,超越了时空界限。

《孙子兵法》之所以禁得起时间的考验,在历史长河中成为无数后人仰视的中国优秀传统文化中的精湛之作,是因为孙武兵书中阐述的哲理有着不朽的精神。它是一座中华民族传统文化的丰碑。今天的人们的思想和行为,还能寻找到千百年前古人那样的灵魂与风度吗?古人的著述留给我们的又是怎样的印记呢?

战国时有个叫惠子的人曾讥讽大学问家庄子说:“你的学问太大了,大得像个大葫芦,既不能用来炒菜吃,也不能锯开作瓢用;大得像个大椿树,木匠无法把它伐倒做家具。”庄子回答说:“我这个‘葫芦’不是用来炒菜吃的,也不是用来当瓢用的,而是用来做船,帮助人们渡江过河的;我这棵‘椿树’也不是做家具用的,而是供后人乘凉用的。”

孙武的文章是留给我们的文化财富,他的哲理和做人的品格是留给我们的精神财富,让我们好好地读、慢慢地品。

从乡村叙事中透视历史镜像

我的长篇小说《金蝉劫》初版八年之后在2019年再版了。这篇文艺随笔就谈谈我创作这部小说的体会。

当下的小说创作与阅读正在被强大的影视、互联网、电子书等压迫着，有被快速的虚拟空间和娱乐形式所取代的可能性，现代的高科技将可供人们阅读观赏的内容演绎发展到极致，将小说创作压迫到很尴尬的角落里，小说创作的危机日渐显现。当作家不能提供新的写作经验时，从文化边缘地带和地域性历史性的知识与经验的感受中获取灵感和想象就成为小说创作上的一条救赎之路。

选择现代历史题材的书写，作家必须具有充沛的想象力和虚构能力，必须熟悉地域文化和民风民俗,具有驾驭题材的能力。(我有没有这种能力，在小说写作之中和正式出版之前，我是没有绝对把握的。）我想冒昧地谈谈我创作长篇小说《金蝉劫》的一些体会，也算是一种与读者的交流吧。

这篇小说以我的故乡沙地汇龙镇为蓝本，艺术地呈现了汇龙镇的一段历史。在故事的演绎与历史场景、氛围烘托、民俗民风、乡村俚语、人物特质、语言文化等方面，是否达到了逼真的程度，是否能够为地域文化的传承留下一些可供研究、观赏的文字与历史镜像，不得而知。本文即基于写作《金蝉劫》的体会作一探讨，供作家、评论家及读者赏析与交流。

注重重返乡村历史文化的书写

在中国文学史上，乡土小说曾经有过比较辉煌的过往。延安时期，《太阳照在桑干河上》《暴风骤雨》等的发表，使中国乡村生活的整体性叙事与社会历史发展进程紧密结合。作家们对乡村的叙述包裹在自己诗意的想象之中，出现了许多描写乡村生活的作品。进入二十一世纪以后，随着城市现代化建设的全面展开，农村过剩劳动力大量地拥进城市，乡村文化遭遇了打击，乡村文化的负载者们似乎也准备逃离。如何重返乡村历史文化的书写，看上去是一件很难做好又被读者期待的事情。

从历史上看，我的故乡沙地的文化是江南文化与自身农耕文化的结合体。《金蝉劫》中努力透映出故乡的历史镜像，以期说明这种沙地文化的特点。如何以现代的价值观去审视、去烛照沙地的乡村文化历史，并努力以再现真实的艺术手法去解剖这段历史，使小说具有历史的真实感和乡村历史文化书写的新鲜感呢？尤其是地域文化特色的书写使这种真实感透射出乡村文化的可读性、亲和性、通俗性。

《金蝉劫》的开头充溢着乡土气息。沙地的地理位置是江海之滨。如何将河流文化以生机勃勃的通俗的形式进入文本，进入读者的视野，如何让读者感觉到一种与湿润的土地亲密接触后焕发出来的人情味、乡土味和杂糅其中的朦朦胧胧的历史纵深感，给全书的叙说蒙上一层地域文化的神秘色彩，《金蝉劫》嵌入了很多这样的描写。例如：

> 窗外，月光照彻了城北的田野。远远地传来狗吠。歪歪倒倒的农家草房似蹲似坐地散落在白雾般的月色中，隐显着瘦弱的黑洞洞的门、黑洞洞的窗。与草房系着的是细瘦如丝的小河、无叶的老树。那些原本繁茂的老树现已光秃秃地支楞着残枝，在月色下溶化了自己的身影。
>
> （《金蝉劫》第二章第 21 页）
>
> 九曲河边的烟柳被那小蝗虫咬过后又细细碎碎地抽出零碎新

芽，嫩绿的小细叶又软又长，远远瞧着仿佛是画上勾勒出的残缺细线条，稀稀落落、丝丝柳柳的挂着……一出汇龙镇，灰蒙蒙地看不到鲜活的庄稼，田野变成陌生的样子，令人低沉伤感。

（《金蝉劫》第四章第 54 页）

陆大脚的家在老地主宅院的西北角，一间破草屋，建在北河沿上。草屋四周插着稀稀落落的旧棉花秸秆篱笆，败亡的衰草东倒西歪地倦伏在篱笆墙下。破草屋在夕阳余晖里静卧着，仿佛一位衰老的婆婆在河岸脚下斜斜地躺着，奄奄一息。西山墙上砌的小烟囱，泥墙灰暗，小细缝里塞着的衰草在轻风里丝丝缕缕飘着，了无生气。

（《金蝉劫》第六章第 84 页）

村民聚集的愈来愈多，将平静的北河水震醒了，火光下河水努力地泛着涟漪，波光闪闪。暮春时分，本是春风杨柳、油菜花黄、田野飘香的季节，可清清的夜空里闻不到那种季节的芳香。顺着北河水流淌着、裹夹着的是腐草与干柴的木腥味。旧棉花秸秆篱笆墙被踩歪扭了，破碎的秸秆乱糟糟躺倒于地，被几位村民拾掇好堆放在一起……

（《金蝉劫》第六章第 93 页）

《金蝉劫》全书都笼罩在这种乡风民俗的氛围里，这一幅幅充满生活气息又被黑暗笼罩着的旧时沙地乡村图景，希望给读者带来一种乡愁和忆旧的阅读感受。我觉得这样的描写，这些带着地域特色与乡风民俗的描写，很能勾起我们对历史的回忆和对旧时乡情的认同感。读者能够感觉到作者倾注其间的是现代观念的文化阐述，建构出的是心灵的图景。作者将渐渐远离读者的历史图景复制再现却又与读者保持一定距离，使读者在阅读时产生一种朦胧的真实感，感觉到这段历史故事的漫长与遥远。

长篇小说的宏大叙事与红色经典可以使读者产生极大的阅读兴趣与阅读快感，“三红一创，保山青林”及其他佳作曾一度风靡文坛。改革开放以来，又有《平凡的世界》《白鹿原》等。长篇小说创作已经达到百年来的最高水平，尤其是红色经典，似乎成了一座后人无法逾越的高峰。在新时期，重新书写这种带有红色革命情愫的小说是否会遭到冷遇，这是值得我们探讨的话题。《金蝉劫》是以新民主主义革命这一历史时期沙地人民敢于冲破黑暗追求光明的革命斗争史实为背景，叙说了朱鼎魁一家三代人的苦难生活和命运。文学描写，是对人、人性、人道和人的精神的认知过程，文学作品文本承载着的是描写人、认知人的历史的经验和这种经验所带来的精神鼓舞。《金蝉劫》以此来塑造沙地人物群像，塑造沙地人的人文品格，而并非简单地复述历史。《金蝉劫》所创造的朱鼎魁、朱金蝉、朱元白等艺术形象是带有沙地人特质的人物形象，与红色革命文学塑造的形象虽有殊途同归的意韵，但是又带着现代意识的虚构，是一种远视遥望。这种阅读经验与审美观点是《金蝉劫》的创作特色带给读者的，它是否继承和包容了红色经典的内在动力与激情，是否会产生出新的阅读效果，具有一种虚构的美感，本人不敢预言。

注意浸润乡土气息的语言与传承乡土文化的诗化意韵

文学是语言的艺术。小说文本就是作者书写出的符合全文意旨，达到审美目的的文字组合排列的产物。《金蝉劫》在语言的运用上除了嵌入形象性、表现性、正确性、含蓄性等审美空间必须有的元素外，还在语言的陌生化上下了功夫。地域文化中最特殊的地方就是地方语言，如何在文本语言中嵌入方言，又能细雨润物少露痕迹而被读者解读和接受，是一个难题。

《金蝉劫》中的语言是那种普通话加方言的杂糅式表达方式，其骨架是北方语系的普通话，而语气是南方江南语系的柔软中夹杂了方言的“土著气”。词语中缜密地包蕴了“乡音”，读来给人一种既陌生又亲近的感觉。细细分辨，又可觉出叙述语言是以普通话为主，对话中夹杂了不多的具有特色风味的乡土语言。阅读中，不经意间，融入这种陌生语言的情韵之中，并浸润其间。于是，小说的氛围被这种淡淡的乡土气息撑起来了，使读者浸润在故事中，美感也被提携着顺着小说的文意脉络滑行而来。《金蝉劫》中最值得研究的是对几个沙地方言中惯用语的使用。例如“小蟹”这一词汇，在沙地方言中是多义的，多是对人的称谓，而《金蝉劫》里是以贬义处理的。还有“馋骨殖髈”,其意类似于上海方言里的“小赤佬”“小瘪三”。“馋骨殖髈”的“馋”字是沙地方言里形容词的代表性用法，很形象生动。还有如“无脚蟹”“鲜鱼精”“大汤馄饨”“老棺材”“老甲鱼”等等，叙述语言之中夹着几个字的方言土语，使文本如画龙点睛般染上乡土味。

金阳普照，细雨和风的日子过起来蛮快意舒服。沈家姆妈勤快的身影在整天飘着茶食糕点香味的“鼎和斋”飘逝得顺顺当当，小金蝉在新姆妈的怀抱里愈来愈鲜活可爱，朱家大宅院里也慢慢融进她的青春鲜活的生命气息。

（《金蝉劫》第一章第 6 页。这段里的土话是“蛮”和“姆妈”。）

谁也没看见朱老爷欺负过沈家姆妈，每当花好月圆、春意盈然时，沈家姆妈年轻的嫩脸上透着滋润的血色，那是有男人滋润着的女人之色。记不清某天某夜呢，夜风微微穿透朱家内宅的雕花楼窗，沈家姆妈脱下奶香的细白内衫，温柔地依偎进朱鼎魁的暖怀之间。朱老爷说：“青草啊，多亏你的照料，我这一家有这么多没头苍蝇无脚蟹似的小孩子，那有多难呀。”

（《金蝉劫》第一章第 7 页。这段里使用的土话是“无脚蟹”。）

朱家的三子一女都进学堂读书。唯有沈家姆妈拖带来的流鼻涕儿子沈金宝不肯读书，只读到小学二年级就将书包甩脱了在镇上野鬼般瞎游荡。朱鼎魁多次叮嘱沈家姆妈管管那小野人。沈家姆妈知道朱老爷的心思，总是摇摇头回道：“呒啥出息的乌小蟹(读 ha)，铜钿银子白丢到他身上了，省省啊，我不怪你呢！”

（《金蝉劫》第一章第 7 页。这里用了“呒啥出息的乌小蟹（读 ha)”，还在蟹字后面注了音，解释方言的读法。“乌小蟹”原意是傻孩子。）

小说文本中乡情乡音的描写，是为了更好地贴近生活、融入诗意。《金蝉劫》在场景描写、氛围烘托、人物塑造等方面都有细化的演绎，这里举一个非主要人物张二妹的例子。张二妹本来是以姐妹易嫁朱家弟兄的，却因朱元清体弱多病及初时未看上她而落了单。当张二妹被反动县长夏钺青叮上要强纳为妾时，张二妹做了反抗。张二妹的反抗是无助的，用乡音来表述更具感染力。

此时，从里厢屋内闪出一个更年轻的女子来，看到陈队长那张瘦猴般的脸，气不打一处来。她返转身回房去，拎了一张癞蛤蟆皮般的药膏皮往自己的嫩脸上一贴，脸颊处顿显出麻皮般的蠢色，凹凸的麻粒突兀破相，原本青春美丽的少女顿成丑小娘，她气咻咻地冲向门外怅然若失的陈队长，用另一只手指着他的鼻子尖，尖叫着骂道：

“娘妈逼！逼人做娼，也不看看这青天白日头，不看看这清平世界，不看看你面前住着这清清白白的人家！你也不看看哪家的骨殖髈耍耍轻骨头耍到这汇龙镇上孤儿寡母这厢里来了！这馋骨殖髈非要弄得家家人家死丧败落才甘心，要不你就将我这张漂亮面孔拉了去让你家这馋骨殖髈白相相！啊？娘妈逼，这杀千刀的娘妈逼……”想不到平时文静可爱的张二妹会弄了一张癞蛤蟆皮破了自己青春靓丽的容颜扯开嗓子骂大街。黄昏时分，一街的人闲着无事，竟被这东街的热闹吸引着纷纷踱脚过来，将张家门前围住了。不知内情的人闲闲地看着，看张二妹出格的疯骂甚觉好玩，竖起耳朵想探个究竟；稍知内情的人同情地侧耳倾听，瞧见张家接二连三地遭难眼睛里渗出泪来。当细味出张二妹的讽刺恶骂所指，暗叹这张二妹骂风机智，也流着同情的泪会心地惨然而笑，心里泛出与张家人一样的辛酸。

（《金蝉劫》第五章第 76 页）

张二妹以沙地土话蛮骂的方式吓退了为夏钺青拉皮条的税警队长，到后来夏钺青因死了姘头再一次逼她，她选择了跳塘自杀。张二妹奋不顾身跃入池塘的那一刻，赵金辉点燃了农民暴动的火把。

张二妹的自杀与农民暴动联系起来的描写使小说具有了悲剧意识中人性的大悲大爱，渲染得非常强烈，也包含着诗意。

注意悲剧话语的文本色彩及超越历史的现代意识架构

从音调、节奏、质感的表现效果分析，《金蝉劫》的词语是有质感的、温和透明的，词语搭配是可读的。这种南方语气营造的悲剧话语是柔软的、缓慢的，又深入骨髓，与北方语气的粗犷激烈形成鲜明的对比。小说故事的叙说也变得缓慢柔韧，使得悲剧色彩更加浓郁。

小说中朱鼎魁得知女儿朱金蝉也参加了共产党活动，他在被保安队抄家后，找朱金蝉谈话。此时，朱鼎魁知道女儿参加革命的后果，他找女儿谈话并非责怪或阻止，而是晓之以理，让女儿知道父亲的心情及家庭将遭遇的不幸。父女间的谈话是贴心的又是明智的，充满了人情味，也透溢着悲剧色彩，使人心痛又感动。

朱鼎魁坐在那张太师椅上，两眼专注地观赏着自己暖床上那幅仙翁骑鹤画，手掌里端着儿媳煮的红枣桂圆汤，脸上浮现沉静之色，侧着耳朵静听金蝉从小阁楼的梯子上一步步爬下来。沈家姆妈双手搭擦在黑布围腰裙上，盯着阁楼的楼梯响动扭转着脖子，一副全神贯注的神态。

“阿爹！”

“你坐下！阿爹我有话问你。”

“嗯。”

“学堂里开新课啦，还是调换了先生，好像你在研读新国文，很深奥呢？”朱鼎魁未看金蝉的眼睛，仍自顾观赏古画，眼珠盯着，一动未动。

“嗯。”

“啥新国文呀，说来听听！”朱鼎魁未转身。

“针砭时政，救国救民。”金蝉平静地回答说。

“唔……”朱鼎魁回转身来热热地看了金蝉，他读到金蝉眼光里闪烁的睿智与坚毅。他看清了金蝉褪尽铅华挣脱幼稚，如鱼游浅底、鸟儿飞翔般的清澈眼神。他低下头来沉吟，慢慢呷着红枣汤。他的手微微颤抖着，将碗底的残汤一饮而尽。

“你晓得你三哥在哪里？”

“在乡下的农会做事。”

“啊……原来是这样！”朱鼎魁把汤碗轻轻置于桌上，撸一撸嘴巴。“夏钺青把我家盯上了，你对你三哥说从今以后少往家里跑，轻举妄动会连累全家人。”

“哦。”

“你三哥的那些东西我都收藏着，叫他来拿走，越快越好！”

“哦！”

“你也少出门，冲冲杀杀是男人们干的事，你少露头少掺和，懂吗？”

“哦！”

“爹这把老骨头吒啥要紧，可是朱家这一爿家当要传下去的噢，这老祖宗传下来的老店鼎和斋要传下去的噢，不能毁在我的手上呀，小囡囡呀！”朱鼎魁终于忍不住紧唤着金蝉的昵称，叹息着说道。金蝉瞧见了阿爹眼睛里含着泪，马上安慰他说：“阿爹，世道变，人心变，我们对家的感情永远不会变，你是我心中最慈祥最聪明最开明的好阿爹……”

（《金蝉劫》第六章第110页）

小说中这样的描写很多，在旧社会的黑暗之中，人们追求幸福自由必将付出代价。朱鼎魁一家支持革命，几个儿子英勇献身。他病逝前将传家宝三十六枚金蝉交给女儿朱金蝉转赠组织，资助革命。朱鼎魁去世后，鼎和斋茶食店破产没落，两个病残的儿子也因朱金蝉参军后寄赠家里的一百块银圆产生内讧而死。原本苦尽甘来的一星希望也随之破灭。这样的结局使小说更添一份悲惨，令人刻骨铭心。

小说中描写灾民暴动，分几个层次缓缓展开。其中写到反动地主沈继贤破坏救灾对抗农运迫害革命者，贫苦农民愤怒烧毁沈宅的场面。那是一种革命激流中失控的景象，也是小说中描写人群失智时善恶转换造成人间悲剧的着墨点之一。

> 那地主婆在火焰中哭喊，被人拉了出来。她的脸被烧成一团灰黑的面糊，眼睛嘴巴鼻子都没有了，很快断了气。沈宅就这样被城西村的穷人烧毁了，烧成一堆垃圾，余烟冒了两天两夜。乡亲们痛悼农会会长，在土地庙前的空地上树了一个纪念碑。那个被捉住的狗腿子老四在赤卫队长面前又是哭又是跪，直喊“兄弟救命”。赤卫队长揪了他的耳朵拎起来又放下，拎起来又放下，恨不得撕碎了他。老四装苦，双手打自己的耳光，妄想逃过死罪的惩罚。穷人们穿着破衣烂衫站在赤卫队屋门口，人人都想撕碎了他。赤卫队队长对他们说，要请示上级，不可蛮干。但是，怒火中烧的穷人们无这耐心，趁赤卫队长上茅房方便的时候，蜂拥而入，将老四绑成一只肉粽子，吊在屋梁上，用各种农具砸打他，活活将他打死了。
>
> （《金蝉劫》第六章第 114 页）

综观《金蝉劫》，全文笼罩在悲剧氛围之中。这种文本结构是在现代意识架构烛照下产生的。许多善良的、追求幸福、追求光明的人物结局悲怆。朱鼎魁、朱元白、赵克明、赵金辉，还有善良贤惠的沈家姆妈，美丽脆弱又疾恶如仇的烈女张二妹，孝义为上、舍生取义的沈金宝，聪明伶俐的春红，才华横溢的蒋涧秋，懦弱病残的朱元庆、朱元清，无不如此。幸存下来的朱金蝉也因爱恋牺牲了的赵金辉终身未嫁而染印着悲剧色彩。小说最后的重逢一章，是文本架构中唯一具有喜剧性的一幕，其中描绘的“金橘荷塘”的美景是作者虚构的理想主义图画，为悲剧增添了一丝亮色，给读者一种美好的向往。

重视小说的精神漫游

文学文本是作者独特审美观念和审美创造能力的产物，优秀的文本总是包含超出文本形象层面的深刻意蕴，这就是文本的言外之意、象外之象。《金蝉劫》通过还原历史与描写众多个性鲜明的人物，描写人世间的善与恶、爱与恨，描写地域文化中的乡情乡音，描写历史的变迁及历史进程中沙地人民的精神状况。其中包蕴着作者的人生价值取向，即“人为什么而活着”。在旧社会黑暗势力的压迫之下，一些人选择服从，一些人选择反抗，一些人因悲观而产生“梦”和“空”的观念。小说中的朱鼎魁、朱元白、赵金辉、张二妹等选择了反抗，在厄运来临时为大义而赴死，尤其是朱鼎魁，病逝前将传家宝捐献，资助革命，特别感人。还有革命者赵克明等在狱中坚贞不屈，狱中上百名难友纷纷传唱他教唱的“红歌”。小说中虽寥寥几笔，却很感人。这种传唱“红歌”的点睛之笔很像一根红丝带贯穿了小说。小说中有一位很少露面的人物林先生，就是他给沙地人民带来了革命的火种与生活的希望，就是他教育引领出朱金蝉、朱元白、赵金辉、蒋涧秋、春红等一批青年走上革命道路，使青春年华在血与火的斗争中演绎出辉煌的乐章。林先生在极少的笔墨里活着，他的思想与魅力就是一首唱不完的“红歌”。他是一种精神，被传承被放大。他的精神就是共产党的人生哲学。在小说的后面，他终于从故事的背景里走了出来，对隐蔽在上海的朱金蝉说：

黑云压城城欲摧，摧不垮我沙地女英豪，革命者是打不垮杀不完的！今天，我们又肩负着抗日救亡的历史使命。我们共产党人要走在全国人民的前头，去奋勇打拼，冲破黑暗，搏击光明……

（《金蝉劫》第十二章第 213 页）

中国共产党人的那种“铁肩担道义”的精神，在小说中仿佛灵魂一样地存在着，使得朱鼎魁倾家中积蓄而助之，使朱金蝉等义无反顾地投身革命。就连被病魔折磨坏了的朱元清也在同大哥朱元庆的闲谈中说出这样一段话：

革命者都是这样的。你想元白他们参加的共产党那么弱小，能抵抗夏钺青的部队吗？可共产党是为天下穷人着想的，站在穷人一边，总有一天会弄大的。国外穷人造反是拿着枪在城市里与敌人对垒着干，元白他们是在这儿农村里与敌人对着干。城市地方小，回旋余地小；农村地方大，回旋余地大，时间长了，共产党胜算比国民党要大……

（《金蝉劫》第十一章第 191 页）

这就是人心向背。这根红丝带，就是小说中流溢着的精神演义的价值所在，也是红色革命历史小说读本有读者喜欢的理由。

以上是本人创作小说的一点体会，不当之处还请读者谅解，并以阅读原著为准。

浅谈《金蝉劫》中关于爱情的描写

我写作的长篇小说《金蝉劫》是一部叙述历史苦难的小说。在苦难的生活中，人们总向往自由幸福的生活，他们渴望自由的心始终没有泯灭。小说中自始至终激荡着精神追求、革新求变的气息。于是，不管是在苦难之中，还是在血与火的奋斗之中，青年人对爱情的追求如一团烈火般熊熊燃烧。小说在慢慢地演绎中极力让爱情这一血色花朵开得艳丽。

全书描写爱情的地方很多，人物也很多，着墨不同，但尽量使其多姿多彩。例如，小说中朱元白与小金枝的爱情描写浓墨重彩、缠绵悱恻；朱金蝉与赵金辉的爱情迂回曲折、纯洁无邪；朱元庆与张大妹的爱情朴实无华、真诚美丽；朱元清与春红、张二妹的爱情清纯可爱、亦真亦幻；赵克明与范桂芳的爱情热烈奔放、真切浪漫；蒋涧秋与春红、朱金蝉的爱情清雅透明、天真活泼；钱顺富与朱金蝉的爱情相思暗恋、若隐若现……故事都有不同，人物均有个性。小说旨在追求一种平淡之中裹挟着理想主义、窘迫之中彰显着精神涅槃的思想境界。在苦难面前，在残酷的现实面前，哪怕是水中月、镜中花，小说的主人公们仍不懈地努力着、追求着，笼罩在悲剧的氛围之中，点点滴滴透着辛酸，字里行间有种说痛不痛、欲说还休、欲哭无泪的感觉弥漫着，层层叠叠，镜像繁多，积蓄着力量。

小说中描写的朱元白与小金枝、蒋涧秋与春红的爱情故事，都以革命与私奔为由头，前者缠绵悱恻、凄婉动人，后者天真烂漫、纯朴可爱。因为旧社会的黑暗，世道混乱，青年人肩负着与黑暗抗争的历史使命，在血与火的岁月里演绎着青春，演绎着爱情，最后的结局都很悲怆，读后使我们扼腕长叹。

两对青年，生活的场景不同，写法不同，给人的印象也不同。

先说朱元白与小金枝。两人本在一个小镇上生活，一个是学生，一个是戏子，本搭不上界。二人在一次偶尔的江边郊游时邂逅，一见钟情。此后朱元白参加革命，遇险逃难，小金枝选择了与他“私奔”。小金枝的爱情观是清纯无邪的，为心爱的人宁愿被当作“乱党赤匪”，在“私奔”中被自卫队追杀，与朱元白一起惨死在异乡。小说中描写小金枝牵挂朱元白的安危的写法很妥帖，让我们在细微之处读出她的好来。一个青年女戏子，从能说会唱的“演艺生活”中脱胎变化为会做事会生活的少妇，那需要多大的勇气与磨炼呀！小金枝的细心和善良，就如她绘的绣样那样真实可爱。小说中反复渲染小金枝的纯情，层层叠叠，如河水之波震荡不息。

小金枝很有心机，每天替元白头上戴一顶鸭舌帽，戴一副平光眼镜，将他白净的脸蛋儿半掩半遮着。早上吃过镇上小店买的鳝爂面，送元白出门，叮嘱道：“坐在店堂里算算账，不要同陌生人讲话……”元白心疼地看看小金枝，没想到她会如此善解人意，老成持重，一点也看不出女戏子的清高孱弱。这小金枝好像变了个人，梳着江南女人的发式，出门头上也戴个蓝印花布头巾，巾上插着一朵花，腰间系一条红黄嵌线条小围裙，脚穿小圆土布鞋。扑哧——，元白傻傻地笑了。心想自己真的很幸福。

（《金蝉劫》第七章第 126 页）

元白痴痴地望着那石头，似觉到它滑过河岸的陪衬，正渐渐向他身边走来，好像一个温馨如玉的女子，慢慢走进他的心里去了……船娘的小调与小船的橹浆划水的声音拽回了他的魂灵，他的好奇心也逐渐加深而至迷恋，他好长时间出神地望着那缆船石，想着小金枝娇嫩的脸和好看的笑靥。小金枝是江南水乡的水濡洗过的女孩，她的前世今生也浸透过这咿咿呀呀的河魂曲，蹲在这水桥头虔诚地守望，融入这软濡濡的细雨里去寻觅她的爱，温馨的爱。小金枝呀，难为你了。

（《金蝉劫》第七章第129页）

柔软的温馨的爱，就这样走进元白的骨子里去了。小金枝呢，因看到卖还魂草的少女，忧虑在心。

小金枝的心思仍系在那束还魂草上没有回答。身后有香客买草，少女弯腰从篮子里拾掇还魂草，看那身姿有点苍老。小金枝只觉得心里凉丝丝的。这是篮里最后一茬了吗？香客在问。少女点点头，抬头又望了小金枝一眼，眼里充满忧伤。

（《金蝉劫》第七章第131页）

同样是触景生情，小金枝绘绣样时描图生情，与元白画图题字“琴瑟相和”。他俩以书画示意，情浓似海。最后他俩在遭遇保安队的追捕时双双落水而死，成为一对绝命鸳鸯，情动江南。小说的描写使用了烘托比喻的方法，将情嵌入物中，诸如还魂草的生死、绣样画的寓意、缆船石的化身等等，形象生动活泼又新颖耐读。

再说说蒋涧秋与春红的“私奔”。

蒋涧秋与春红的爱情，是在一次乘小帆船至黄海滩涂游玩时相识到同考崇明师范学院后促成的，前因后果似有一根红丝带系着、牵拉着，最后因为追求进步、向往自由而参加革命，双双脱离家人的呵护，结对“私奔”。小说用较长的篇幅叙述他俩在上海里弄相恋相爱的情景，在细微之处透露着他俩的相爱是以向往革命的共同志向为基础的，他们最后奔向革命圣地延安。这样的描写与朱元白、小金枝的爱情描写有异曲同工之妙。

《金蝉劫》的序言中有这样一句话：“生活中的平凡之处在于柴米油盐，生活中的特别之处在于儿女婚恋。”在那些苦难的日子里，人们努力着、追求着、向往着美好的生活。小说饶有耐心地穿插了青年人的爱情故事，描述的几对青年人的恋爱出现了追尾式的连环爱情，特别引人注目。首先是以若隐若现的形式描述了朱元清与春红邂逅的故事。朱元清被春红的青春亮丽吸引，从一见钟情到暗恋相思，似真似幻。而美丽活泼的春红却爱上了与朱元清一起出去游玩的同学蒋涧秋。蒋涧秋与春红相恋后一起参加革命奔赴延安。当春红在战争中牺牲后，蒋涧秋暗恋上朱金蝉，甚至为掩护她而英勇牺牲。而朱金蝉呢，先有钱老板儿子钱顺富暗恋着她，后有蒋涧秋暗恋着她，她却深深地爱着赵金辉；赵金辉被反动派杀害后，她仍恋着他，甚至终身未嫁。朱金蝉的爱情是爱得至深、爱得入骨、爱得奇丽。至此，小说中的人性之爱、异性相恋达到了柔中见刚的巅峰状态。小说里使用这种连环爱情的写法，虽然枝蔓丛生，但却感人而又贴切，显得比较真实。

《金蝉劫》运用隐喻的笔法，描述了善良的钱老板的儿子钱顺富爱慕暗恋朱金蝉，钱老板为儿子谋划爱情的故事。文本始终穿插着这条细红线，令人好奇，也令人感觉辛酸。小说的叙述是真诚的、细腻的，没有夸张、戏谑的成分，很妥帖很自然。看似尴尬的事情，其实在实际生活中是真实的，实实在在地发生过。所以当最后朱金蝉因参加革命而离家出走时，钱老板父子的善良愿望成为泡影，读者于是就为钱老板的失望而失望，同情之心油然而生。当钱老板的儿子数年后终于放弃暗恋而娶高小三为妻时，小说突然以钱老板阅读朱金蝉家信的方式透露出朱金蝉在新四军工作并未结婚的消息，这种戏剧性的写法，将钱家父子失望的心情和善良真诚表现了出来。那种爱是深入骨髓的。

沙地方言在小说中的使用

如何让小说中的人物一个个具有鲜明的个性，形象地出现在读者眼前？注意在写作中运用好乡土语言，使其保持通俗化倾向，是一个办法。我们知道，小说故事大多是虚构的，但我们读起来却感觉很真实。我们和书中的人物一起感受喜怒哀乐，我们的心时刻随着小说中故事的进展而颤动。我们的阅读鉴赏受小说语言的影响而进入了一种共鸣状态，与作者一起进入了文体中最诱人的情感体验。能够给读者带来这种阅读感觉，首先应该归功于小说的语言。小说文本是作者情感、想象、理智等社会意识的凝聚物，作者是借助文学语言的隐喻、借代、转换、象征、反讽、衬托等表现功能，来描摹表现自己的思想情感和生命价值体验，使得文本中的人物、场景、对话以及景外之景、象外之象的精神意识流充满活力又真实可信，使历史故事成为传奇，又使传奇成为文化、成为历史。有读者反馈说，《金蝉劫》的文本语言是生动的、可信的，《金蝉劫》的文学语言乡土味很浓，构成了一幅幅贴近沙地特色的乡村历史图画。读者对《金蝉劫》的小说语言充满了兴趣。根据读者的反馈，我就谈谈在写作中方言的使用，这也许会有益于对小说文本的解读和推介，有益于文学创作与交流。

沙地方言的词汇非常丰富多彩，形容词使用得比较多，例如说天空很黑，会说“赤黑乌幽”“墨楞赤黑”；说人傻，会说“乌特兮兮”“乌来海哩”；说人聪明，会说“侠扎来海哩”。沙地方言地域色彩浓厚，局限性也大，故难登大雅之堂。如果使用原汁原味的语言，恐怕除少数沙地人外很难被其他地区的读者解读。《金蝉劫》注意了读者的阅读习惯，在使用方言时很谨慎。通观全书，乡情浓郁，乡音袅袅，文字语气之间浸染了乡土语言气息却没有出现阅读障碍。这是因为作者使用了文字点缀联想引导的方法。作者在叙述文字中嵌入了极精练的通感性强的方言，使句子出现了语汇上的变化。在对话中直接嵌入具有代表性的较有陌生感的方言，并在对话中反复使用，进而达到被引申理解的效果。小说中陌生感较强的方言有"小蟹""乌小蟹""骨殖髈""馋骨殖髈""小倌""小囡""小娘"等等。"小蟹"在沙地方言中是一种常用语，属于对人的中性偏贬义的称谓，大意是具有个性的人，男女都可称之；在家里人或熟悉的人之间，大部分是一种昵称。但这个词在《金蝉劫》里是贬义的。例如：

朱家的三子一女都进学堂读书。唯有沈家姆妈拖带来的流鼻涕儿子沈金宝不肯读书，只读到小学二年级就将书包甩脱了在镇上野鬼般瞎游荡。朱鼎魁多次叮嘱沈家姆妈管管那小野人。沈家姆妈知道朱老爷的心思，总是摇摇头回道："呒啥出息的乌小蟹（读 ha），铜钿银子白丢到他身上了，省省啊，我不怪你呢！"

（《金蝉劫》第一章第 7 页）

这里"乌小蟹"意思是"傻小子"。

"馋骨殖髈"暗指流氓，一般在谩骂时使用，具有影射诅咒含意，但又非直白的借代词组。张二妹对流氓县长夏钺青的讥讽式咒骂，有点儿像《红楼梦》中尤三姐的骂风，既泼辣又机智，既痛快淋漓又委屈难张，让人感觉心痛又心酸。使用"馋骨殖髈"这个词，既渲染了乡土气息，又暗合了张二妹的用意，非常逼真，恰到好处。请阅读张二妹的这段话：

"娘妈逼！逼人做娼，也不看看这青天白日头，不看看这清平世界，不看看你面前住着这清清白白的人家！你也不看看哪家的骨殖髈要耍轻骨头耍到这汇龙镇上孤儿寡母这厢里来了！这馋骨殖髈非要弄得家家人家死丧败落才甘心，要不你就将我这张漂亮面孔拉了去让你家这馋骨殖髈白相相！啊？娘妈逼，这杀千刀的娘妈逼……"

（《金蝉劫》第五章第 76 页）

这段话中"弄得家家人家死丧败落才甘心"是纯正的沙地话，讲起来是很具地域特色的；尤其是"死丧败落"，它是沙地话的词汇里有的，又能被读者解读的土话。还有"要不你就将我这张漂亮面孔拉了去让你家这馋骨殖髈白相相！啊？"这句话里的"让你家"在沙地话中是"让你屋里厢"的说法，书中没用沙地本土原话，这就是作者在使用土话时以引导的方法贯注乡音的巧妙手法。如果全部使用原汁原味的土话，会造成读者阅读障碍，会适得其反。

《金蝉劫》注重了乡风民俗的通俗性书写。小说里通俗易懂的故事传播了作者希望表达的思想。作者顺乎自然地、细腻地描摹着沙地人的生活习惯与乡间俗事，如看社戏、打冤家、烧香拜佛、结婚盛喜、丧事道场、烧纸扎课、民间做会等等，将乡村俗事以故事的形式一一道来，阅读时使人感觉亲切自然，人物语言里夹带着少许土话，使故事更逼真。例如保安队孙老三为税警队长传话，又怕得罪汇龙镇老熟人，寻到媒婆小末姐家里讲的一番话，及小末姐因故养小鸡的情节，就很通俗、很接地气。

那小末姐屋内乱糟糟的，空荡荡的客厅里摆了两只大藤盘，藤盘里养着几十只刚出壳的小鸡，小鸡在那藤盘里簇拥着争食吃，发出滴滴笃笃的啄食声。小末姐瞧见孙老三跨进屋来，心里就估摸到这年头穿军服的人有求于她准没有啥好事情，就先开口说道："老三兄弟呀，这年头老本行不好做呀，我已经彻底改行了，在家养养鸡，生了鸡蛋卖些零钱用用，度度日脚。"嘴里说着，手里抓了一把玉米粉撒到藤盘里，引得小雏鸡又一阵乱窜乱钻，喳喳喳叫成一片。

“嘿嘿嘿，”孙老三干笑着，蹲下身子看小雏鸡啄食，嘴巴里嘘嘘嘘地呼了几下，“大姐，小雏鸡很好玩，眼睛骨里看着，一天长一个样，弄好了，替你发财呢。”

（《金蝉劫》第九章第 161 页）

这里的“眼睛骨里看着”是沙地土话，又极容易解读，放在这段话里很妥帖。孙老三接下来表达的意思里也说出了他的心里话：他也是被逼当兵的穷人。他的出身用很形象化的比喻说给小末姐听，又通俗又达理。

“嘿嘿嘿，大姐你多心了。”孙老三又呼了几下小雏鸡，拍拍自己的军服，以嘲弄的口吻说：“这身狗皮是夏钺青逼我穿的，我是被他们抓了壮丁，弄得人不像人鬼不像鬼，街上人见了我都绕道走，好像见着阎罗王。我父亲见着我也总骂我。我父亲是替人扎课吃祭祀饭的，心肠好，一世做好事一世穷，一世被人欺。”孙老三说到这些，有点痛苦的样子。

（《金蝉劫》第九章第 161 页）

这里说的“扎课”是穷人做的下等活，是专门扎纸人纸马纸房子烧给死人做祭品的活儿。这种通俗化的语言，读来使人产生联想，清晰视听，很具感染力。

语言的平民化、通俗化，是《金蝉劫》的一大特色，可让读者玩味欣赏。著名文学评论家雷达先生说：“与文体变化无法拆开的是语言。这是一个较少谈论却是非常根本的问题。汉语的叙事能量有没有提高，在驾驭长篇小说这样的大型文体时是否有足够的表现力？回答应是肯定的。这些年来，随着社会生活的急剧变化，随着创作经验的累积和对外来文学的借鉴，以及对民间新语汇的学习，长篇小说从现代性的角度，探索着世界化、民族化的道路。我们看到，汉语的叙事潜能得到了进一步挖掘和释放。一些风格独具的作家，一出手就有自己独特的语感与语调，把自己和别人区别开来。”

综上所述，如何保持这种对小说文体语言的敏感性，坚持这种独特的语感与语调，是我创作出更具有鲜明语言个性的沙地小说努力的方向。

乡土小说的结构漫谈

读者反映说，他们觉得在不少被媒体叫好的长篇小说里，很难读到栩栩如生的人物、隽永有味的细节、感同身受的氛围、扑面而来的鲜活气息。这种朴素反映很能说明问题。有人指出，长篇小说的“半部杰作现象”依然没有多少改变。有些作家缺乏整体性的把握能力和形而上的超越能力，因此产生了空洞化、表面化、复制化的弊病。乡土小说写作雷同化和人物来历语焉不详、结构简单缺少内涵的现象越来越普遍。我着重就人物描写是否真实细腻、各具本相、个性鲜明等谈谈小说的结构。我觉得有必要认真研究一下，以提高写作水平。

1. 围绕“家宝”的传说这条主线，突出朱家各种人物的心态和人性的描写

我的小说《金蝉劫》里塑造的朱鼎魁、朱元白、朱金蝉等数十个人物形象如何，我是怎么加以描写的？下面我就从朱家老祖宗有“家宝”这事说开去。小说一开始就有交代，老祖宗逃难时在帆船上用于交命的信物就是“金蝉”。

觅见一个小港，老祖宗一边从船首倾身探望，一边袖中摸出一枚拇指般大小且黄澄澄沉甸甸的信物，合于掌中轻轻摩挲，口中念念有词：苍天有眼，青背向天凤凰于飞觅高枝；大地有难，肚皮朝上大汤馄饨无脚蟹！念完，将掌中信物轻轻一抛，青背向天！老祖宗喜出望外，即从这茂密青黛的芦苇荡而入。

（《金蝉劫》初版第一章第 2 页）

这段描写与小说后面描写朱鼎魁交付女儿朱金蝉的家宝金蝉相吻合，文字前后响应。后文说道："轻轻剥开陈旧的绸缎，罐内露出浑厚微黑的一叠金蝉。那叠金蝉头尾相衔，紧紧密密睡在一起。每枚约有两寸，可托于掌上玩赏。朱金蝉取了一枚给父亲。那金蝉犹如沉睡的婴孩，手足拳拳裹于胸腹之间，闭目收翅，蝉背微耸，蝉肚细纹密布，细察似可闻鸣声。朱鼎魁伸出细长的手指，在自己唇上沾了吐涎，轻轻抹在金蝉上。再用绸子一角擦拭金蝉蝉背。慢慢的，蝉背显出亮点，金黄璀璨。"（《金蝉劫》第十一章第 189 页）朱鼎魁一生谨慎，深藏家宝而不露，其间遭受反动县长夏钺青的迫害，被爪牙胡聋子打劫受重伤险些致死也不愿透露，后来女儿要救被捕入狱的革命者赵金辉而向父亲讨要家宝，朱鼎魁也未松口。在如何处理家宝这件事上，朱鼎魁从坚藏不露到慷慨捐赠，凸现了大义为上的高尚人格。很早时朱鼎魁曾向续妻沈家姆妈透露过家宝，沈家姆妈也为朱家有宝物而高兴，但沈家姆妈从未泄露秘密。

朱鼎魁与沈家姆妈嘀嘀咕咕唠了很多家常话。喝了铁观音茶，朱鼎魁说要给沈家姆妈看一样东西。沈家姆妈说有啥宝贝，神神颠颠地。朱鼎魁从身上摸出一小块丝绸包裹的东西，轻轻将之打开。啊——，沈家姆妈叫了一声，脸露惊叹之色。沈家姆妈从未见到过这样漂亮的小玩意儿，在市面上也没听说过有这种精巧的东西卖。

"很值钱。"朱鼎魁说。

"哪来的？"沈家姆妈笑着问道。

"祖传的。"朱鼎魁细眯着眼托于掌上玩了一会就收起来，"你口风紧点，别外传，要惹祸的，嗯！"

“晓得，就当没看见过。”沈家姆妈开心地笑着，替朱鼎魁铺好暖床。“我要回房去睡了，晚上起身自己当心点。”说完，她就转身去了。院子内皓月当空，清冽冽的月光水银泻地，晚风徐徐而动，园内的一丛芭蕉发出细微的沙沙声。

（《金蝉劫》第一章第 8 页）

沈家姆妈看到了家宝，说：“晓得，就当没看见过。”沈家姆妈开心地笑着，替朱鼎魁铺好暖床。“我要回房去睡了，晚上起身自己当心点。”说完，她就转身去了。沈家姆妈心地善良、心静如水，她平淡的语言很朴素。言为心声，这里的描写为沈家姆妈一生的善良勾勒出轮廓，为后面的故事做了铺垫。

面对家宝，家里的其他几个人及围绕家宝出现的邻居、贪心的坏人的态度又怎样呢？我们不妨拿到一起看一下。

二哥朱元清，被胡聋子蒙骗吸毒弄坏身体，精神恍惚中他无意识地偷拿了父亲秘藏的一枚家宝，后被父亲世交密友钱老板看到，钱老板的态度很具“故友至交”的风范。

元清从衣袋里摸出一样东西递给钱老板，两眼紧盯着他的眼睛，说：“请你给看看这玩意儿值钱吗，可否替我卖脱，我急需钱。”钱老板将那件细物托在掌上，细观良久，才轻轻询问道：“你哪弄来的？”元清愣了一下，轻笑了说：“朋友转手于我，我舍不得脱手，就一直收藏着，连我阿爹都不晓得。”

“元清啊，这东西你要好好藏着，别落入外人之手！”钱老板起身从店橱里取了几块大洋给元清：“这几块钱你先拿着。”二郎见钱老板出手大方，知道他与朱家交情深厚，又见他脸露诧异的神色，就猜想这是好货，也把两只眼睛睁圆了要看清那是何物。哪知钱老板用手紧紧捂住那东西，不让二郎看见。

（《金蝉劫》第四章第 56 页）

这里对钱老板的描写看似平淡，其实很震撼。钱老板非但没要元清甩卖的家宝，还摸准元清急需用钱的脉搏，赠银圆以阻止元清的无知行为，挽回朱家的宝物。这里的细节描写很精彩，钱老板将细物托在掌上细观良久，才轻轻询问元清。钱识别出宝物后用手紧紧捂住不让店员二郎看见，更显出他的心地善良与忠厚。

“唷，钱老伯真客气，恭敬不如从命，钱我收了，这东西就归你了！”元清似乎很感激钱老板的大方，对那东西并不放在心上，这倒让钱老板深感意外与不安。钱老板将此物捂得更紧了，双眉紧锁，心事重重的样子让元清感觉有点好笑。钱老板低头又细细看了看那物件，伸出一只手一把将元清的手抓住，另一只手一翻手掌，把那物件捂在元清的手掌里，认真地说：“拿回家吧，好好收着！”说完即起身回店后的厢房里去了。元清轻笑着收起掌中物，踅出店门去。二郎在柜台内踮脚翘首看着元清走出店门，两只眼睛仿佛要生出翅膀，跟了元清影子飞出去。店堂屋里清静下来，二郎的心却无来由地怦怦怦偷跳不已，当店里走进几位顾客唤他买东西，他手脚迟钝，几次拿错。

（《金蝉劫》第四章第 56 页）

钱老板出钱以阻止元清，元清却仍拎不清。钱老板深感意外与不安，将宝物捂得更紧了。钱老板伸出一只手把元清的手抓住，另一只手一翻手掌，把宝物捂在元清的手掌里。这里的描写更进一层，刻画出钱老板的真情，也刻画出元清的蒙昧，其心智受损似小孩子。对店员二郎的描写也很出彩，简洁的几笔将二郎羡宝的心情展露无遗，也加深了这段情节氛围的渲染，可谓神来之笔、锦上添花。

沈家姆妈的亲生儿子沈金宝对家宝一事似信非信，但他对寄爹朱鼎魁对他隐隐约约的歧视很“小心眼”，在狐朋狗友胡聋子面前又玩弄吹嘘，结果惹火烧身，引来朱鼎魁被劫财受伤以至丢命的悲剧。这些都因家宝而起。小说中的叙述顺序推进，很自然也很巧妙。作者以隐喻的写法叙说沈金宝喜欢寄爹的水烟壶，寄爹不让他进内室。

他的眼睛瞄上了窗前条桌上的一溜水烟壶，看中了其中一只铸印了麒麟狮子老寿星图案的古董壶。那壶除了烟管部分油黑黑黄澄澄，壶身早已被摩挲得金光锃亮。在金宝眼里那还算不得上品的烟壶，寄爹朱鼎魁的那只水烟壶那才叫极品，壶身两面镶嵌金玉，那玉色晶莹，淡蓝中透出一丝朱红，仿佛清早晨曦微露朝霞微熹，更像初夏清水池塘里一丛嫩荷。金宝小时候碰触过玩弄过寄爹的壶，常常被阿娘沈家姆妈骂着拿回去交与寄爹。寄爹倒没骂他，只是用眼深沉地盯着他的小眼睛一声不吭，直看得金宝背上起鸡皮疙瘩。自此寄爹不让金宝进他的内室，沈家姆妈在背后还为这嘀嘀咕咕埋怨老爷偏心眼。金宝小心眼里也透彻着寄爹的偏心眼，要犟着不踏进寄爹内室一步。只是他对寄爹的那只漂亮金贵的水烟壶仍记挂着，每每瞧见寄爹捧着它时总多瞄几眼，心里有种痒兮兮的感觉。

（《金蝉劫》第一章第 10 页）

朱鼎魁不让金宝进其内室，是害怕被金宝窥见秘藏的家宝。这里对金宝的心理描摹很自然，读来却总关家宝，可谓借此说彼，让人产生联想，很奇巧。自卫队的胡聋子从金宝的夸口中得知了家宝的事。

“老早，听我姆妈说，寄爹祖传一物是世间秘宝，教我不要外传。其实，我寄爹就那只金玉水烟壶最值钱了，还哪里有啥秘宝，是姆妈瞎说呢，有谁看见过？”沈金宝甩甩手，描摹那时自己拿着寄爹的水烟壶玩耍的情景，瞪眼看着胡聋子，说：“那金饰物是晶亮晶亮的，比这银器好看一百倍。嘿嘿，还有那块镶玉，那玉色晶莹，淡蓝中透出一丝朱红，那种叫什么来着，晶莹剔透的富贵气，看得我透不过气来呢，嘿嘿。”

“哦。”胡聋子似乎未听清楚沈金宝的闲话，两眼有点儿发呆地盯着沈金宝的脸,好像要从他嫩黄的脸上看出个究竟来。“说呀，继续说。”胡聋子鼓动沈金宝。“你真的未看到过你那寄爹的传家秘宝？”胡聋子询问道，两只眼睛鼓起来，小细眼竟然暴出些许白眼珠，叫沈金宝吃了一惊。

（《金蝉劫》第四章第 35 页）

这里又以金宝吹嘘寄爹的水烟壶借此说彼，突出了胡聋子的贪欲与邪恶，也为日后胡聋子劫财埋下伏笔。

朱鼎魁被胡聋子烧伤致残，朱金蝉走到他床前哭求他，要他拿家宝救赵金辉。此时，朱鼎魁心痛难忍又坚守家宝而不允。沈家姆妈同情朱金蝉而将家宝的信息透露给朱金蝉，朱金蝉也将信将疑地哀求阿爹。此时，沈家姆妈走了进来。这里的描写很平淡，但同样很震撼。

“阿爹，现在是金辉的生死关头，你一定要救他呀！”

“孩子呀，那夏钺青是个政治加流氓的人，用铜钿银子是换不来金辉的命的。这个社会太黑暗了，只有将这个黑暗的吃人的旧社会推翻，才能有我们老百姓的活路！”

“爹爹……”金蝉听了阿爹的一番话,心里好像被弹拨了一下，心想阿爹真是个智慧过人的好阿爹。她终于熬不住了，伏在床沿上痛哭起来。

沈家姆妈在门口听见了他们爷儿俩的谈话，弄懂了朱鼎魁的心思，也忍不住伤心落泪。她赶紧跨进门来，将哭泣的金蝉扶起来，好言劝慰她。朱鼎魁此时也老泪纵横，痛哭不已。

（《金蝉劫》第九章第 174 页）

这个夜晚，是朱鼎魁家最难熬最黑暗的一个夜晚。

沈家姆妈从纵容到规劝，态度 180 度大转变，就是因为听了朱鼎魁的一席话。这一席话彰显出朱鼎魁的内心，也为后面的献宝埋下了伏笔。这里轻轻的一句话，衬托出朱鼎魁坚守家宝的苦衷，很贴切也饱含着更深的政治含意。至此，关于家宝的传说基本上有了定论。聪明的共产党人朱金蝉已经听出阿爹话外之音的含意而伤心落泪，也不再央求阿爹。朱鼎魁知道女儿明白了自己话的意思，悲痛之情顿显，老泪纵横，痛哭不已。最后第十一章“金蝉出走”，朱鼎魁将家宝交给女儿，朱鼎魁的言语很平凡也更高尚。

朱鼎魁要女儿发誓，显示了他对家宝的极爱之心，也符合他一生谨慎的风格。当他把祖传之物献出后，精疲力竭地倒头而睡，睡得很酣。这样的描写是自然的，也使人印象深刻。

让人意外的是，《金蝉劫》第十三章“太阳升起”中说到朱金蝉参军后寄给朱家的一百块银圆，金蝉在信中说此钱是组织上褒奖朱家捐赠家宝的。朱家幸存的病残两兄弟竟为银圆起内讧而死，显出贫穷带来的窘境。两兄弟的死与父亲捐赠家宝发生了联系，造成了意外的悲剧。这使小说添上了难以言说的悲怆，悲剧色彩浓厚，也使得对人物的刻画更加深入骨髓，入木三分。

2. 围绕革命引路人林先生这条暗线结构，彰显人心向背，突出人物人格的描写

革命者林先生是沙地人民冲破黑暗追求光明的引路人，他是小说中风云激荡的政治变化的背景式人物，是精神支柱式人物。对于这个人物，《金蝉劫》是怎样描述的呢？小说中以暗线的方式，使其隐藏在故事的背景里，又用极少的笔墨巧妙地点缀其间，犹如万象嵌线。全书中他总共出现了四次，一次是在私塾讲外国文学，一次是在农讲班讲《共产党宣言》，一次是为沙地革命刊物《暴露》的编辑工作找朱金蝉谈话，最后一次是在上海为恢复朱金蝉的地下工作者身份找她谈话。这四次的描写都很精练。第一次，简单描摹了林先生的外貌特征及风度：“林先生嗓音沉稳，吐字清晰，话语中夹杂着闽南口音，喉间时不时发出嗡然作响的回声，充满男子汉的雄浑气息，将长期受封建文化和民间庸碌文化禁锢的沙地年轻人的荒芜头脑震荡着，冲击着。”（《金蝉劫》第一章第 12 页）这句话里暗示林先生是来自南方，隐隐约约道出他的身份。第二次描写得更简练，林先生仍一身中山装，戴着金丝眼镜，气宇轩昂，将革命家的气魄直白地渲染出来，非常贴切传神。第三次描写他工作作风干练：“林先生坐在汇龙镇私塾学校的教室里认真地阅读了全部文章，并将署名一律改为‘沙地人’‘新生者’两个笔名。林先生阅完稿件，余兴未尽地在《暴露》这个刊名下用红笔画了三道粗杠杠，抬头微笑着朝赵克明与朱金蝉说，这是沙地人开始朝着新生活前进的一盏指路明灯，在这黑暗的年代，它弥足珍贵，我们必须倾全力保护它！从现在起，《暴露》完全转入地下，由省委直接领导，由朱金蝉同志一人负责编撰。稿件的编辑与刊物的印制传阅完全脱钩，派专人单线联系。”（《金蝉劫》第五章第 79 页）林先生说到单线联系这句话时，脸色变得很严肃了。从这里我们可以感受到他丰富的革命经验与热爱沙地革命青年的拳拳之心，一个忠诚伟大又热情细心的革命家形象树立在读者面前，很高大。第四次描写更具传奇色彩：“谈话后，林先生带金蝉到一家馆子吃饭。林先生点了朱金蝉喜欢吃的沙地菜和老白酒。林先生的酒量很大，一壶酒喝完脸孔没见红。朱金蝉笑他喝酒像喝茶水，就不怕喝醉啰。林先生也笑呵呵地说，革命者死都不怕，还怕喝醉。他说他前些日子都在枪林弹雨里闯过来的，生死对他来说都是一瞬间的事。”（《金蝉劫》第十二章第 213 页）林先生在谈笑间身上焕发出来的那种逼人的英气令朱金蝉很崇敬。林先生的形象深深地嵌入朱金蝉脑海里，挥之不去。这里的林先生很亲切很随和，好像父兄一样，喝着沙地人喜欢喝的老白酒，且酒量很大。林先生还形象化地比喻说，他喝酒不怕醉，枪林弹雨都滚过来了，生死已置之度外。

这样，一个活生生的既具有生活本相的普通人又具有高尚人格的革命者形象就站在读者面前，很真实很可信。我们相信林先生这样的人才真正是沙地人民革命的引路人，他是革命的灵魂式人物，受到沙地百姓的崇敬和追随。许多革命青年参加革命，心甘情愿赴汤蹈火，许多百姓支持、帮助革命，是合乎逻辑的。从林先生延伸至英勇牺牲的赵克明、赵金辉，更彰显革命者与群众之间的鱼水关系。赵克明被捕后，牢里的难友在他的教育下与顽敌做斗争，学会了唱“红歌”。赵金辉牺牲后，汇龙镇街坊邻居多给父亲赵四挑水钱，表达出普通群众对革命人家的同情，反映出民心所向。也许就是这种在细微处落笔的艺术手法，使人物更加立体生动。

3. 陪衬式人物钱老板的细节描写

作者注重对于小说中一般人物的描写，比如钱老板。钱老板是朱鼎魁家的世交，很善良。他在朱家有难时总会出手相助，朱家大儿媳张大妹称颂他是朱家的“活菩萨”。我们看看他是怎样成为“活菩萨”的。

朱鼎魁自被胡聋子打残废后一病不起，加上二儿子朱元白、养子赵金辉牺牲，朱家陷入困境。

恒孚南货店的钱老板看到朱鼎魁家落难，隔三岔五来看望。这天，朱鼎魁一看到钱老板，就硬撑着坐起来，唤沈家姆妈泡龙井茶。钱老板从长衫衣兜里摸出几块大洋往朱鼎魁床头柜上塞。朱鼎魁瞧见了，死活不让塞。

钱老板往朱鼎魁床头上塞钱，这在以前是没有的，因为朱鼎魁家是有钱人家，家底厚。钱老板现在塞钱，是真心相助。

这天傍晚，又有祸事：沈家姆妈的儿子沈金宝因私放共产党干部陆大脚被反动县长抓进死囚牢。

朱鼎魁闻此事，心一急，脸孔煞白，晕厥在床上。钱老板情急之下急忙掐他人中，并叫二宝冲一碗红糖水。二宝跨出门槛寻了沈家姆妈来。沈家姆妈赶紧冲了红糖水喂给朱鼎魁，朱鼎魁这才缓过气来。朱鼎魁看到沈家姆妈，又是一阵心痛，怕她晓得后更受不了。于是，朱鼎魁朝二宝点点头并挥挥手，示意他离开。二宝看了沈家姆妈一眼，心痛地摇摇头，退出门去。钱老板则坐在床榻边默默不语，怅惘地看着沈家姆妈忙碌着服侍朱鼎魁，迟迟不肯离去。朱鼎魁也默默不语地看着钱老板，脸色悲切。

钱老板弄醒朱鼎魁后，与朱一样为沈家姆妈将失去儿子而心痛难过。他在朱家如坐针毡，默默不语，一脸怅惘，一直坐到黄昏才缓缓离去。这里钱老板的一举一动流露出真情，也因是朱家邻居，感情的流露是隐忍的，很贴切。第二天早上，沈金宝被割头惨死，钱老板闻信后脸也没洗就急急跑到朱家。此时，沈家姆妈还蒙在鼓里，钱老板是又着急又心痛。

“钱老板还没洗脸，眼睛里含着眼屎，一副忧愤的神色看着沈家姆妈。”简单几笔，描绘出钱老板的关切之态，十分传神。

朱鼎魁病重去世后，钱老板仍一如既往关心朱家，他介绍朱元庆到外头烟厂做工，一边写信，一边送钱给元庆，可谓情真意切。他还叮嘱元庆，细心入微。

> 钱老板写完信，从衣袋内摸出几块铜钿一并交予元庆，说，“大阿侄难为你了，挑大梁，要敢于吃苦头呀，辛苦呀！”转而又对张大妹说：“金蝉离家很多日子了吧，有啥消息要早点告诉世伯呀！一个女孩子独自漂泊在外头，更难啊，要紧呀……”
>
> （《金蝉劫》第十一章第 190 页）

过了七八年，朱家又遭大难，两兄弟去世，张大妹又央求钱老板，钱老板一口答应出钱资助朱家孙子祥瑞上学读书；六年后又介绍祥瑞去上海烟厂做事。这里描写钱老板老态龙钟的样子，令人对其更加尊敬。

> 祥瑞进屋来了。张大妹将他拽到一边，说了这件事。祥瑞二话没说，走至钱老板面前跪下磕头。钱老板慌了，丢了手中托吸着的水烟壶，一把将祥瑞扶起，口里连声说道：“使不得，使不得，使不得也……”
>
> 钱老板马上坐下来，拿过祥瑞端来的砚台与纸笔，铺开信笺书写。他写着写着，想起朱鼎魁一家的惨境，一掬老泪滴在纸上，湿湿的，将几个字洇开了。祥瑞在边上轻声安慰他说，钱爷爷写

字很好看，洇化的字也显露出笔锋，像个书法家呢，说的钱老板破泪浅笑，视线模糊，别过老脸，用衣袖擦拭。

钱老板将书信折好放在祥瑞手心里，叮嘱道：“此事能成即好，如果不成，你要速回家来，免得你姆妈盼望。那上海滩坏人很多，弄不好要吃大亏的，晓得吗？”

“我晓得，请钱爷爷放心！”祥瑞坚定地回答道。

钱老板托着水烟壶跨出朱家门而去。张大妹感激涕零，站在门槛沿上连连挥手，直到望不见他那老态龙钟的身影。

（《金蝉劫》第十三章第 223 页）

钱老板的身影在我们面前消失了，但他的为人却深深嵌入我们心中。人间真情在钱老板身上凸现出来，在一个看似普通的人物身上体现出来。作者一方面突出描写了好邻居的好品格，另一方面深入地描写了朱鼎魁及一家人的革命行为也获得了钱老板这样的群众的同情和支持，体现出革命深得人心。在风云际会的年代，人心向背这个主题思想，就这样一次又一次地以不同的形式展现在我们面前，被演绎得淋漓尽致。从这些人物身上，我们同样感受到小说细腻的描写手法所带给读者的审美感受。这种感觉，这种写法，我觉得很好。

以上是我写作《金蝉劫》的体会与收获。

评诺贝尔文学奖获奖作家及其作品

诺贝尔文学奖是世界文坛皇冠上的明珠。根据瑞典发明家阿尔弗雷德·诺贝尔先生的遗嘱，诺贝尔文学奖应给予“在文学方面创作出有理想主义倾向的最佳作品的人”。

肖洛霍夫，一个令世人崇敬的名字，因为他那四卷本的长篇巨著《静静的顿河》名扬四海，风靡世界。他于1965年从角逐诺贝尔文学奖的89人之中脱颖而出，获此殊荣。对此，世界并不惊讶。《静静的顿河》以第一次世界大战、十月革命和俄国国内战争为背景，以主人公格利高里·麦列霍夫的个人经历为主线，以他家的遭遇为主体结构，艺术地再现了这段重大历史时期顿河地区哥萨克社会的历史性变迁，广泛深刻地表现了哥萨克人在生活和心理上的巨大变化，也揭示了格利高里的悲剧命运。小说将人与历史、个人与群众、历史与现实、战争与和平、国家与民族等艺术地结合在一起，个人的悲剧命运折射出惊心动魄的历史冲突，复杂的社会变革成为再现个人生命丰富内涵的有力手段。小说人物的性格在事件的发展中得到深化，对历史和现实的真实描绘使人物形象真实可信，对哥萨克风俗的精准描写和民谚俗语的大量运用使作品富有乡土气息，从而使这部小说既有宏伟深沉的史诗性，又有完美感人的悲剧性，气势雄浑，格调悲壮。这部伟大的小说，作家从构思到全部完成写作以至出版，前后用了十四年时间，可谓殚精竭虑，是花费了生命的书写。这部小说是一朵闪耀着生命能量的文学之花，在世界文坛灿烂地绽放，清香袭人，名扬万代。

罗曼·罗兰，一个伟大的小说家，他创作了长篇巨著《约翰·克利斯朵夫》。这部小说共分十卷，构思和写作用了二十多年。小说通过描写一个音乐家的一生，反映了个人与社会、理想与现实的尖锐冲突，抨击了资产阶级文化艺术的腐朽堕落，展示了具有人道主义理想信念的进步知识分子艰难成长的历程。整部作品带有强烈的浪漫主义色彩，广泛地运用了象征手法，有着交响乐般的结构和宏伟气势，一卷卷如同一个个乐章，环环紧扣，把人物的命运一波波地推向高潮，气势浩大，浑然一体，具有经久不衰的艺术魅力。他的这部被世人称为“音乐小说”的皇皇巨著与他的名字一道镌刻在文学大师辉煌宫殿的尖顶上，世代传颂。

欧内斯特·海明威，一位具有独特经历、艺术上又有独特风格的传奇作家，他的代表作是长篇小说《丧钟为谁而鸣》，最具有震撼力的是中篇小说《老人与海》。他精通叙事艺术，根据他创造的“冰山理论”，用简洁洗练、富有表现力的语言，塑造了一批视死如归的“硬汉”形象，在写作文体上和写作语言上独树一帜。《老人与海》描述了老渔夫非凡的毅力，表现了一个硬汉敢于向失败和死亡挑战，在失败和死亡面前也不失去人的尊严。人应该超越痛苦与死亡来显示出自身存在的真正价值。作家将其人生的感悟融入作品的细节，把写作潜力发挥到极致，其作品精湛程度仿佛皇冠上的明珠，光辉璀璨。

加夫列尔·加西亚·马尔克斯，一位魔幻现实主义小说作家，他用长篇小说《百年孤独》震撼了世界。小说将历史和神话、现实和梦幻、悲剧和喜剧融于一体，运用时空交叉、神话传说以及梦幻、想象、夸张、荒诞、隐喻、象征、预言等手法，向人们展示了最广阔、最丰富、最生动的历史事件和现实生活。小说以虚构的马孔多小镇为背景，叙述了百年来布恩地亚家族的命运，描绘了小镇从荒漠的沼泽地上兴起到最后被旋风卷走，以及布恩地亚家族最后一代被蚂蚁吃掉的悲惨结局。该小说描写的历史长、人物多、场面大，堪称再现拉丁美洲历史和现实图景的辉煌巨著，也是一部由凝重的历史内涵、犀利的批判眼光、深厚的民族文化、奇特的象征隐喻和生动的神秘语言构成的现代神话，是魔幻现实主义的传世佳作。

以上几位文坛巨匠及其作品，让我们崇敬，也让我们对文学产生深深的敬畏。文学作品是一种浸润了作家生命的写作活动的结晶，优秀之作无不浸透着作家的精气神，融合着作家对世事的洞察明辨与思想情感，使我们感觉到他们生命血脉的律动、他们精神世界的深邃、他们思想的绵密审慎、他们观察力的犀利如刀。他们用高尚的人格和一颗颗悲悯的心灵寻找着人类已经迷失的和即将迷失的精神家园。优秀作品的产生也是作家厚积薄发的结果，是作家用十年、几十年、甚至一生的心血锤炼成的。他们创造的文学皇冠上的珍珠是日积月累的成果，是无价之宝。

在此，我要向伟大的作家们深深致敬！